한국어 발음을 갈 … 우자!

精準掌握韓語發音

BETWEEN KOREAN

拆解語言學知識，
找到最適合臺灣人的發音學習法！

韓文知間
楊書維・謝亦晴 著

作者序

안녕하십니까 . 양서유입니다 .

各位讀者好，我是本書的其中一位作者——楊書維。很感謝您翻開了這本書，本書的撰寫歷時許久，過程中也受到許多人的幫助才得以順利完成。

我與另一位作者——亦晴的相識源自韓文知間 (@between_korean) 的回覆函，當時亦晴說看到同樣熱愛韓語及韓語語言學的狂粉，情不自禁地傳來訊息。之後，我們一起參與了 2019 年於漢陽大學舉辦的 HisPhonCog 國際語音學學會，藉由這次機會我邀請了這位優秀的學者來共同經營韓文知間。在與亦晴一同努力下，韓文知間文章的用語更加精確簡潔，主題也變得更多元，很感謝一直以來幫助我的戰友——亦晴，沒有她，我的碩士生活與 Instagram 經營很難如此順利。

很感謝在韓語學習的道路上一路支持與鼓勵我的師長及學者們。尤其是一直以來都很照顧我的政大韓文系教授們——蔡連康老師、陳慶智老師、朴炳善老師 (박병선 교수님) 、崔皓熲老師、鄭乃瑋老師；在首爾大韓語教育所悉心指導我碩士論文的——具本寬老師 (구본관 교수님) ；以及不厭其煩糾正我發音及用詞的——金玟智老師 (김민지 선생님) 。同時也感謝我的共同作者——亦晴，她對於語音學、音韻學的見解精闢，總能幫助我找到更精確的用語。最後，感謝我們的編輯——怡廷，協助完成我們對於本書的要求，並讓我們的書用詞用句更簡潔易懂。

我們這本書從語言學 (語音學、音韻學) 的角度出發，絞盡腦汁將學術用語轉換成白話文，也加入了很多韓語發音教學的研究結果，期望以更簡單、更科學、更系統化的方式讓臺灣的韓語學習者們輕鬆掌握到最精準的韓語發音。本書最大的特點就是完全以臺灣人的角度出發去分析韓語發音，除了比較臺灣華語與韓語的發音之外，也一步步地解析韓語語調的抑揚頓挫。相信透過本書，一定可以讓喜歡韓語的你，發音的精準度更上一層樓。

서유 (書維)

作者序

안녕하세요 . 사역청입니다 .

大家好，我是本書的共同作者之一——謝亦晴。首先，很感謝你翻閱或購買了這本書！這本書從簽約、撰寫到順利出版，一路上受到許多人的幫助與支持。

首先，我想感謝我的好戰友——서유，楊書維。書維是我第一個結交的「學術」知己（有趣的是，從我第一次在韓文知間私訊書維到現在，我們實際見面的次數不出五次），我們的研究興趣非常類似，所以常常有聊不完的話題，平常也會互相分享、八卦各自研究室或工作上的趣事。2019 年的學會上，我深受書維對韓語的熱忱感動，欣然接受書維的邀約，開始共同經營「韓文知間（@between_korean）」。每次發文前，我們總是一起搜尋參考文獻、一起研讀、一起討論、一起寫文稿，而書維總是會幫我把晦澀難懂的術語或文謅謅的句子改寫得更親民，我也一邊從書維身上接觸到很多關於韓語教育有關的知識及經驗談，著實讓我大開眼界。如果沒有書維，我的碩士生活可能會乏味枯燥而難以堅持下去。

感謝悉心指導我、讓我在韓語學上不斷精進的高麗大學國語國文學系的教授們——신지영 선생님、Jeffrey Holliday 선생님以及이영제 선생님，除了教導我韓國語學的知識、提供我參與研究計畫的機會以外，在我自信心跟自尊心最低落時，也不斷鼓勵我、給我許多建議，使我可以成功取得碩士學位；還有，韓語的高雄大學東語系的教授們——王清棟教授、李京保教授、河凡植教授，教導我韓語、帶我踏入韓語世界。最後，感謝我們的編輯——怡廷，不僅忍受我們不斷拖稿，還盡力完成我們對於書的要求。

為了完成這本書，我和書維花了半年多的時間搜尋、整理、翻譯文獻，將學術用語轉換成更親民的用語，以臺灣學習者的角度分析韓語發音現象，同時也比較韓語跟臺灣華語的異同；在最後，我們還統整了至今為止的韓語語調研究，一步步解析韓語語調的規則，這是很多國內外的韓語發音書裡尚未著述的內容！我們希望以更客觀、科學、系統性地呈現韓語發音的樣貌，也希望透過這本書，跟我們一樣熱愛韓語的你可以掌握到韓語發音。

역청（亦晴）

目次

線上音檔：

使用說明：

❶ 掃描 QRcode → ❷ 回答問題 → ❸ 完成訂閱→ ❹ 聆聽書籍音檔

NOTE

第一章 背景知識

從口腔構造告訴你，
給你最完整的韓語發音原理！

單元 01

發音器官

當人在發不同的子音或母音時，嘴型、舌頭位置及氣流通過的部位等等都會不一樣，因此，在深入了解韓語的發音前，首先必須認識人體的發音器官，接著再了解「舌頭的高低、前後」、「圓唇、平唇」、「發音位置」、「發音方法」、「發聲類型」等等，才能有助於學習韓語（或是其他語言）以及日後校正發音！

這個章節裡，除了介紹人體的發音器官，也會介紹各種子音的「發音位置」以及母音的舌位（「發音方法」、「發聲類型」會在下一章的子音篇裡詳細解釋），並提供相對應的臺灣華語發音，幫助讀者能夠透過自己的華語發音，更快地掌握住韓語發音的關鍵。

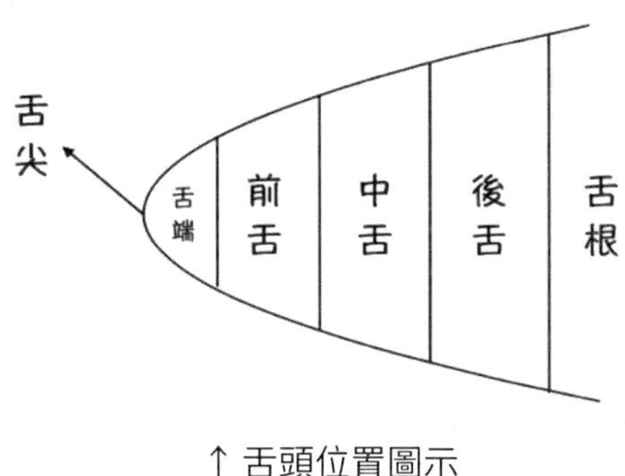

↑ 舌頭位置圖示

發音器官可以分成兩大部分：口腔與鼻腔（鼻腔相關發音於第二章介紹）。

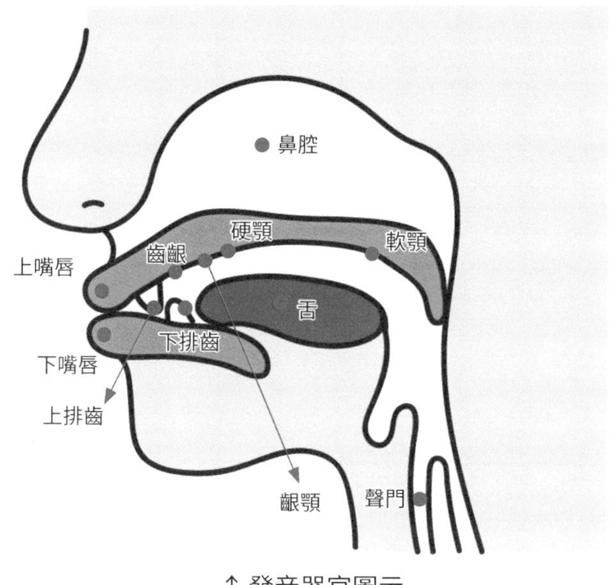

↑ 發音器官圖示

口腔中的發音器官有「舌頭、嘴唇、牙齒、齒齦、硬顎、軟顎、小舌、聲門」等。不同舌頭的部位（舌尖、舌端、前舌、中舌、後舌、舌根）與不同發音器官接觸或靠近，可以發出不一樣的音。換句話說，根據「發音器官接觸的『位置』」，也就是「發音位置」的不同，以及「發音方法」、「發聲類型」的不同，就可以創造出很多不一樣的音。

✓ 雙唇音

由雙唇發出的音稱為雙唇音。臺灣華語的雙唇音有「ㄅ [p]、ㄆ [pʰ]、ㄇ [m]」。

✓ 齒音

是由舌尖與牙齒接觸或非常靠近，所發出的音。臺灣華語中的齒音有「ㄗ [ts̪]、ㄘ [ts̪ʰ]、ㄙ [s̪]」。

✓ 齒齦音

是由舌尖或舌端與齒齦（上排牙齒稍微往上往後一點的部分就是齒齦的位置）接觸或非常靠近，所發出的音。臺灣華語中的齒齦音有「ㄉ [t]、ㄊ [t^h]、ㄋ [n]、ㄌ [l]」。

✓ 齦顎音（前硬顎音）

舌尖或舌端與齦顎接觸後，發出的音。齦顎的位置比硬顎稍微前面一點、靠近齒齦的位置，但是比齒齦稍稍再往後一點，因此也稱作「前硬顎音」。臺灣華語的齦齶音有「ㄐ [tɕ]、ㄑ [$tɕ^h$]、ㄒ [ɕ]」。

✓ 軟顎音

舌頭後半部（後舌）接觸軟顎後發出的音，大多數人都很難感受到軟顎的位置，因為舌頭後半部的感受度比前半部來得低 (Essick G.K & Trulsson M，2009)，因此，為了找到軟顎的位置，可以將舌頭往後捲起來，此時舌端碰到柔軟的部位就是軟顎。臺灣華語的「ㄍ [k]、ㄎ [k^h]、ㄥ [ŋ]、（ㄏ [x]）」都屬於軟顎音。

✓ 聲門音

氣流通過聲門時，摩擦發出的音稱為聲門音。臺灣華語「ㄏ [h]」的發音（雖然是軟顎音）在絕大多數的情況下都會發成聲門音（Hsiao，2011）。

發音位置 / 發音方法		雙唇	牙齒	齒齦	齦齶	軟顎	聲門
塞音	送氣	ㄆ		ㄊ		ㄎ	
	不送氣	ㄅ		ㄉ		ㄍ	
摩擦音			ㄙ			ㄏ	（ㄏ）
塞擦音	送氣				ㄑ		
	不送氣				ㄐ		
鼻音		ㄇ		ㄋ		ㄥ	
邊音				ㄌ			

到目前為止，可以發現有很多子音的發音位置雖然相同，發出來的音卻不同，這是因為他們的「發音方法」或「發聲類型」不同！在下一章節裡，將會詳細介紹每個韓語子音的「發音方法」及「發聲類型」，並比較這些韓語子音與臺灣華語子音的發音異同。

另一方面，母音會用「舌頭的高低」、「舌頭的前後」以及「嘴唇圓唇與否」等三種層面來區分。其中，舌頭的位置越高，嘴巴的開口度就會越小；與平唇相比，嘴唇凸出變成圓唇時的開口度較小。

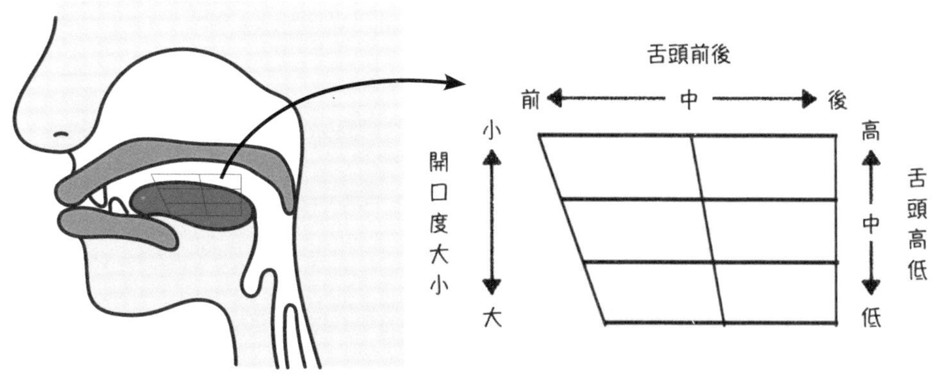

臺灣華語單母音有「ㄧ、ㄨ、ㄩ、ㄚ、ㄛ、ㄜ、ㄝ」等7種。「ㄧ、ㄩ、ㄚ、ㄝ」屬於前舌母音，「ㄜ」屬於央舌母音，「ㄨ、ㄛ」則屬於後舌母音；「ㄧ、ㄨ、ㄩ」屬於高舌母音，因此發這三個音的時候，嘴巴開口度較小，而「ㄚ」屬於低舌母音，所以在發這個音時，嘴巴開口度較大；在7個臺灣華語母音中，只有「ㄨ、ㄩ、ㄛ」是圓唇母音，所以在發這三個音時，嘴唇凸出，嘴巴開口度較小。

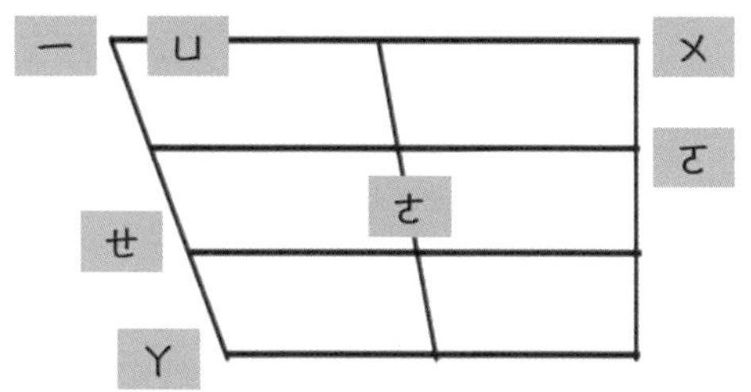

▶臺灣華語單母音：

舌頭位置	前		央	後	
	平唇	圓唇		平唇	圓唇
高	ㄧ	ㄩ			ㄨ
中	ㄝ		ㄜ		ㄛ
低	ㄚ				

單元 02

韓文字的造字原理

現代韓文的字母總共有 40 個，而其中母音有 21 個，子音有 19 個。韓文字的母音是根據太極及天地人的宇宙觀所創造出來的，而子音則是依據發音位置所創制。

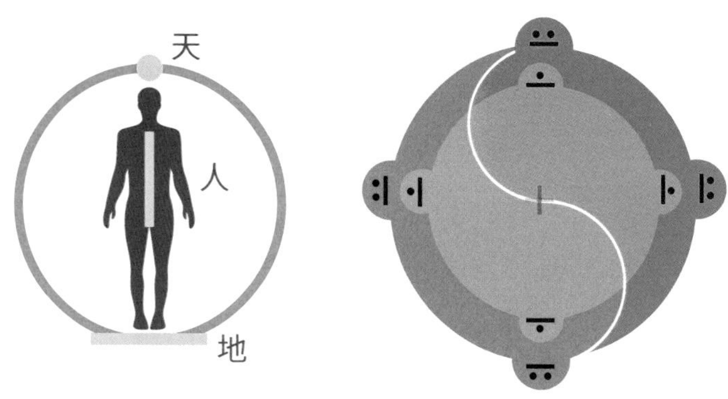

如上圖所示，韓語母音的基本結構是以「人」或「地」為本，並與「天」結合（有些只有「人」或「地」）。實際結合的方式如圖中的太極所示，在右上方橘色部分的母音為陽性母音，左下方的母音則為陰性母音。

依據這個原則，陽性、陰性、中性母音如下：

陽性母音為：／ㅗ／、／ㅛ／、／ㅏ／、／ㅑ／、／ㅐ／、／ㅒ／、／ㅘ、／ㅚ／、／ㅙ／。

陰性母音為：／ㅓ／、／ㅕ／、／ㅜ／、／ㅠ／、／ㅡ／、／ㅢ／、／ㅔ／、／ㅖ／、／ㅝ／、／ㅟ／、／ㅞ／。

中性母音為：／ㅣ／。

韓語的子音是依據當時發音位置所創制，分為軟顎音(牙音)、齒齦音(舌音)、唇音、齒音、聲門音(喉音)。下圖只呈現現代韓語中存在的子音，當時世宗大王創制的子音，有些於現今已不存在。

軟顎音	ㄱ		ㅋ	
齒齦音	ㄴ	ㄷ	ㅌ	ㄹ
唇音	ㅁ	ㅂ	ㅍ	
齒音	ㅅ	ㅈ	ㅊ	
聲門音	ㅇ		ㅎ	

韓語音節結構

音節是一組音的單位，臺灣華語的每個字都是一個音節。在韓語中，一個音節最多可以包含三個位置：首音（初聲）子音、核心（中聲）母音、尾音（終聲）子音，一個音節至少要存在核心——母音才可以發音，由此可知，韓語的子音並不能單獨發音，必須有母音才可以發音。

發音	字形
母音 母音單獨發音時，會在其前方加上ㅇ表示此處並無子音，此時的ㅇ並不發音	아
首音子音＋母音 首音子音會寫在母音的左方、上方或是左上方	가 고 과
（首音子音＋）母音＋尾音子音 尾音子音會寫於首音子音與母音的下方	갈 알
（首音子音＋）母音＋雙尾音子音 此處的尾音子音雖然有兩個，但只會發其中一個子音	닭 읽

第二章 韓語子母音

說出一口道地韓腔的關鍵！
精準分析臺韓相似、相異發音

單元 01

單母音

韓語的單母音究竟有幾個呢？依據學者們的立場不同，目前有 10 個、8 個、7 個單母音等三種說法（이진호，2012）。

1 標準發音法：國立國語院發布的標準韓語發音法則。

10 個單母音	【標準發音法[1] 第 4 項】 ／ㅏ、ㅐ、ㅓ、ㅔ、ㅗ、ㅚ、ㅜ、ㅟ、ㅡ、ㅣ／ ［附註］／ㅚ、ㅟ／也可以發成雙母音（後面會再仔細說明）。
8 個單母音	／ㅏ、ㅐ、ㅓ、ㅔ、ㅗ、ㅜ、ㅡ、ㅣ／ 不只符合標準發音法，也和許多韓語方言的情況相符。
7 個單母音	／ㅏ、ㅓ、ㅐ（ㅔ）、ㅗ、ㅜ、ㅡ、ㅣ／ 1980 年代後出生的韓國人不區分／ㅐ／與／ㅔ／的發音，一般都發同一個音。

本書採用 7 個單母音的系統，向讀者一一介紹現代韓語的實際發音。在背景知識的章節裡提到臺灣華語單母音的區分方式（舌頭的高低、前後及圓唇與否），在這一章裡，會用同樣的方式介紹韓語的單母音。

▶ 韓語單母音：

舌頭位置	前		央	後	
	平唇	圓唇		平唇	圓唇
高	ㅣ			ㅡ	ㅜ
中	ㅐ (ㅔ)			ㅓ	ㅗ
低				ㅏ	

韓語 7 個單母音／ㅣ、ㅐ(ㅔ）、ㅡ、ㅓ、ㅏ、ㅜ、ㅗ／中，／ㅣ、ㅐ(ㅔ）／屬於前舌母音，／ㅡ、ㅓ、ㅏ、ㅜ、ㅗ／屬於後舌母音；／ㅣ、ㅡ、ㅜ／屬於高舌母音，因此在發這三個音的時候，嘴巴開口度較小，而／ㅏ／屬於低舌母音，所以在發這個音時，嘴巴的開口度較大；／ㅜ、ㅗ／屬於圓唇母音，在發這兩個音時，嘴巴會嘟起來，因此嘴巴開口度也會較小。

相信會有很多人好奇：「臺灣華語單母音的發音跟韓語單母音的發音會不會差很多呢？」，這一點，可以透過比較兩國母語人士的單母音發音分佈圖得知(신지영，2014；鄭靜宜，2011）。

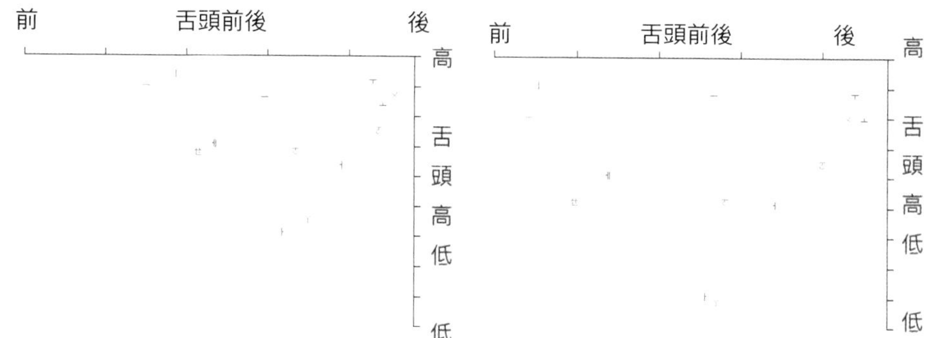

↑ 臺灣華語男性 vs 韓語男性　　↑ 臺灣華語女性 vs 韓語女性

從上面的臺灣華語及韓語的單母音分佈圖可以大致分出以下「區塊」：

第一、臺灣華語／ㄧ／與韓語／ㅣ／；

第二、臺灣華語／ㄝ／與韓語／ㅐ（ㅔ）／；

第三、臺灣華語／ㄚ／與韓語／ㅏ／；

第四、臺灣華語／ㄨ、ㄛ／與韓語／ㅜ、ㅗ／；

第五、臺灣華語／ㄜ／與韓語／ㅡ、ㅓ／。

這些「區塊」代表這些音的實際發音彼此相似，因此臺灣的韓語學習者容易將這些音混淆。其中，從第三個區塊「臺灣華語／ㄚ／與韓語／ㅏ／」中，可以發現韓語的後舌母音／ㅏ／實際的舌位比臺灣華語的前舌母音／ㄚ／還要靠前！除此之外，綜觀整個單母音發音分佈圖，又可以發現不論是臺灣華語／ㄚ／還是韓語／ㅏ／，甚至韓語的後舌母音／ㅡ／，它們的舌位都接近中央，而非絕對的前舌或後舌。因此，為了能夠更明確地比較臺灣華語及韓語的單母音發音，本書以實際的發音為基準，將臺灣華語／ㄚ／及韓語／ㅏ、ㅡ／列入央舌位。

▶ 韓語單母音與臺灣華語單母音（實際發音）：

舌頭位置	前		央	後	
	平唇	圓唇		平唇	圓唇
高	ㅣ 一	ㄩ	ㅡ		ㅜ ㄨ
中	ㅐ（ㅔ） ㄝ		ㄜ	ㅓ	ㅗ ㄛ
低			ㅏ ㄚ		

若將韓語的單母音，依照發音時舌頭的前後位置及上下位置繪製成三角形的形狀，可以做出如下的圖。為了讓學習者更好感受舌頭的位置變化，本章節將會按照箭頭的順序來介紹這些單母音發音。

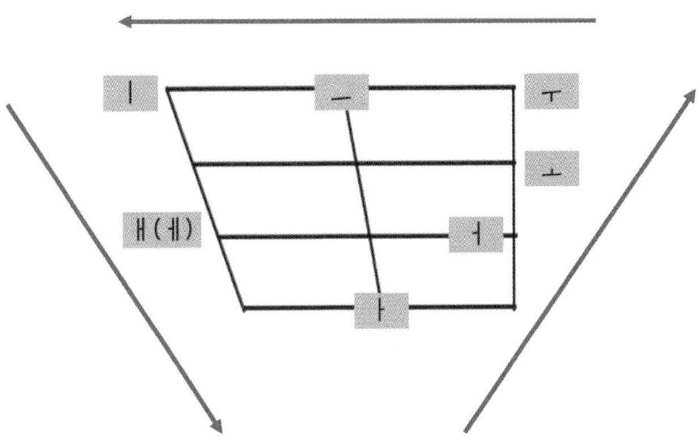

前舌平唇高母音 01

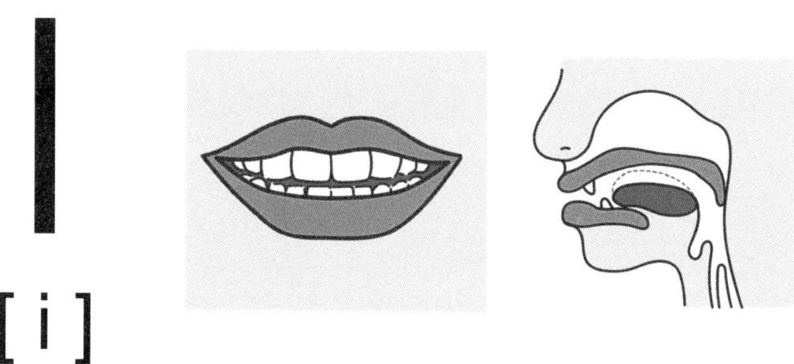

本書所使用的音標為 IPA（國際音標）

- 發音時，舌身提起，舌頭的前半部會往前、往上移動。
- 發音非常類似臺灣華語／一／的發音，可以直接按照臺灣華語／一／來發音。
- 可以用阿拉伯數字「1」的形狀來幫助記憶。

前舌平唇中母音 02

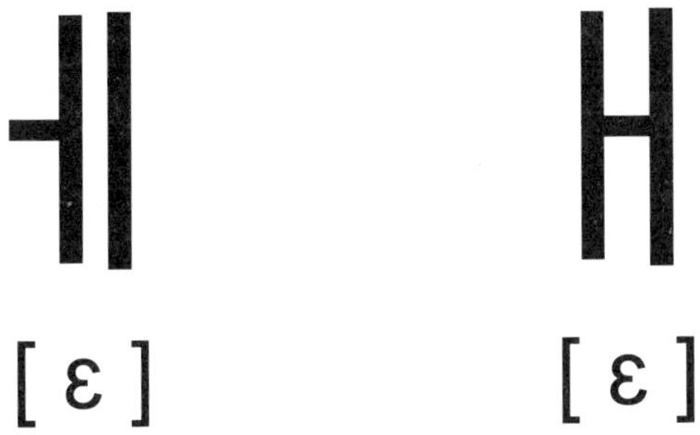

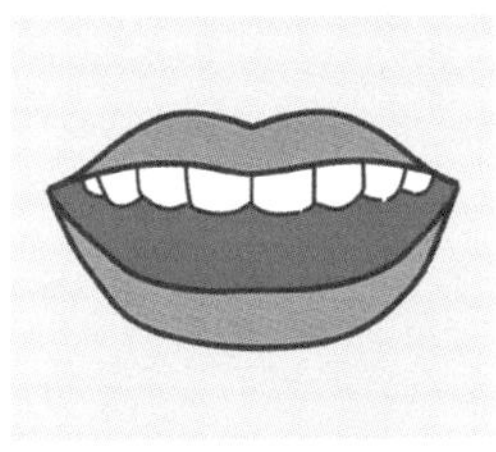

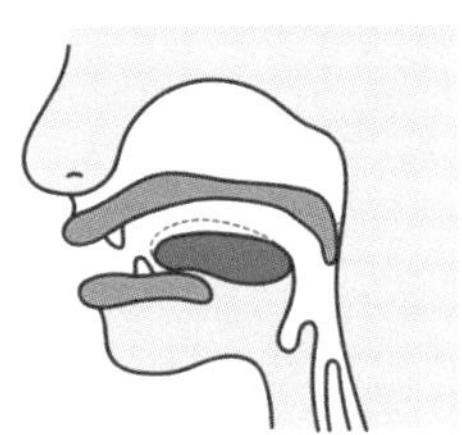

- 發音時，舌身提起，舌頭的前半部會往前、稍微往上移動。
- 發音非常類似臺灣華語／せ／的發音，可以按照臺灣華語／せ／來發音。
- ／ㅐ／：可以想像「H」的形狀來幫助記憶。
- ／ㅔ／：可以想像「被人撞到時，發出『せ！幹嘛撞我』的叫聲」來幫助記憶。

央舌平唇低母音 03

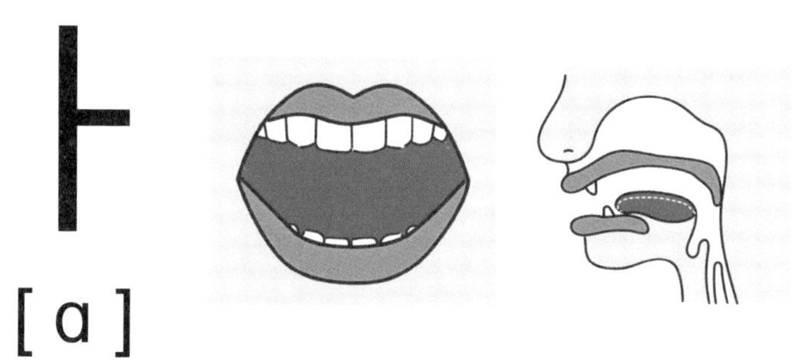

- 發音時，舌身往下移動。
- 發音類似臺灣華語／ㄚ／的發音，可以按照臺灣華語／ㄚ／來發音。
- 可以想成「被人往前推發出『ㄚ！』的叫聲」來幫助記憶。

中舌平唇後母音  04

[ʌ]

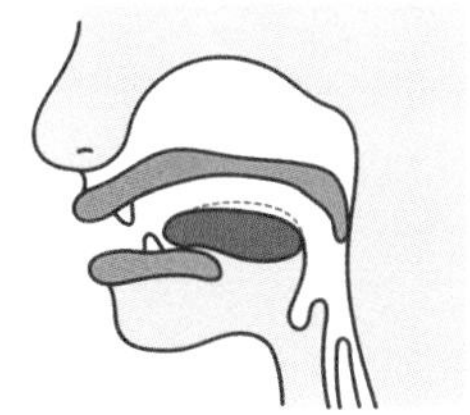

- 發音時，舌頭的後半部會往後移動，嘴唇不用凸出。
- 可以想成嘴巴開口更大的／ㄛ／來發音。
- 可以想像成「被人揍肚子發出的叫聲」來幫助記憶。

中舌圓唇後母音 05

ㅗ

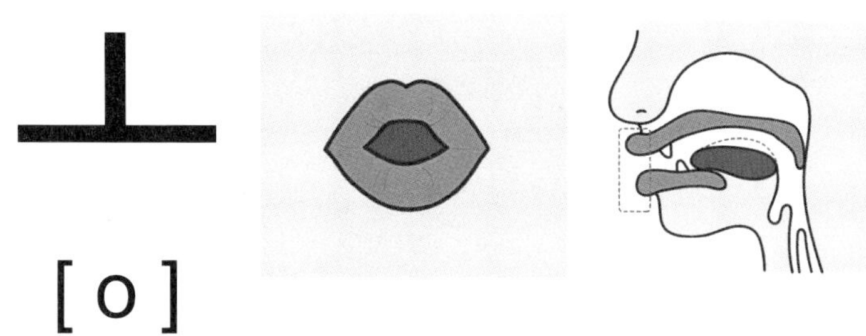

[o]

- 發音時，舌頭的後半部會往後、往上移動，嘴唇凸出。
- 發音類似臺灣華語／ㄛ／，可以按照臺灣華語／ㄛ／來發音。
- 可以想像成「猴子發出『喔喔喔』聲音時」的嘴形來幫助記憶。

高舌圓唇後母音  06

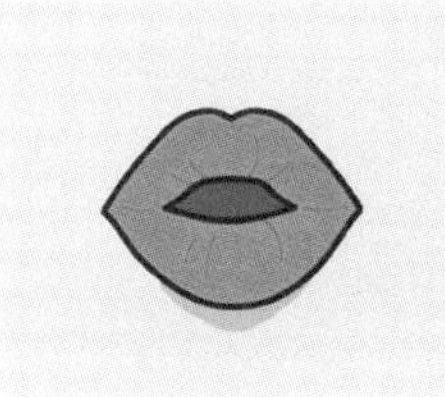

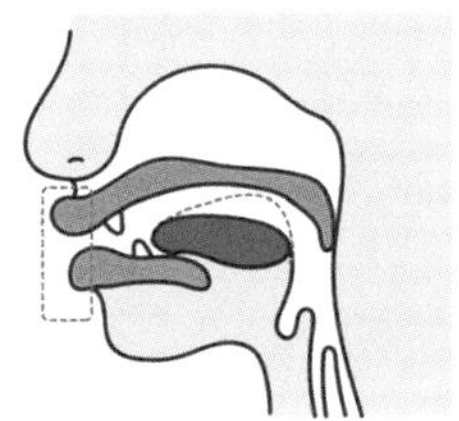

[u]

- 發音時，舌頭的後半部會往後、往上移動，嘴唇突出。
- 發音非常類似臺灣華語／ㄨ／，可以按照臺灣華語／ㄨ／來發音。
- 可以想像成「哭泣時的眼睛及眼淚」來幫助記憶。

高舌平唇央母音 07

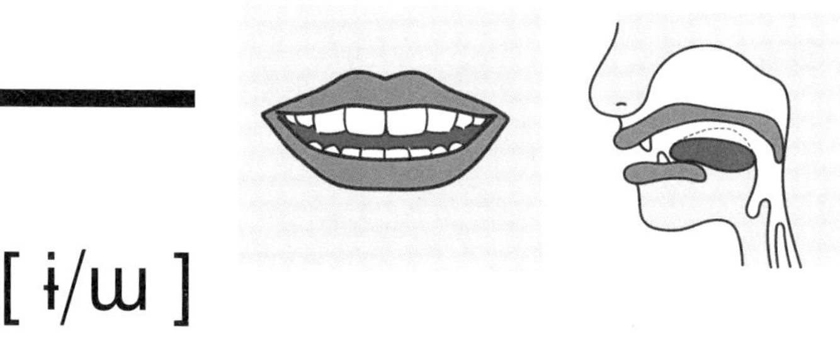

- 發音時，舌身會向上抬起（舌頭後半部可以稍微往後移動），嘴角自然向兩側延伸。

- 可以想成嘴巴開口更小、舌位更高（且更靠後）的臺灣華語／ㄜ／來發音。

- 可以想像成「裂嘴笑」的形狀來幫助記憶。

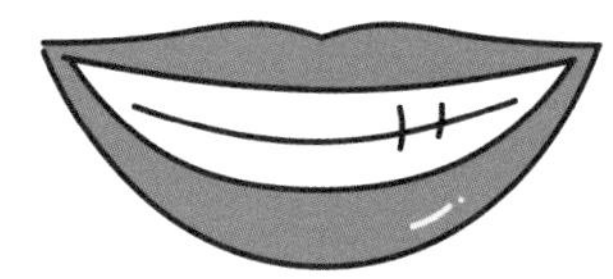

聽聽看、唸唸看 08

아이	名	小孩	아우	名	弟弟
오이	名	黃瓜	으아	嘆	痾啊
우아	名	優雅	어이없다	形	無言的；無話可說的

易混淆發音1

／ㅓ／、／ㅗ／

為什麼許多臺灣學習者經常分不清楚／ㅓ／跟／ㅗ／的發音呢？從臺灣華語母音與韓語母音發音位置分佈圖來看，／ㅗ／與／ㄛ／的發音位置差距較小，且同樣是嘴唇凸出的圓唇單母音，因此臺灣學習者很自然地會將這兩個發音互相對應；另一方面，臺灣華語裡沒有一個單母音可以和韓語／ㅓ／互相對應，臺灣學習者只好退而尋找其他勉強可以對應上的音，也就是／ㄛ／。

易混淆發音2

／ㅗ／、／ㅜ／

為什麼許多臺灣學習者會分不清楚／ㅗ／、／ㅜ／的發音呢？雖然臺灣華語裡有／ㄛ／跟／ㄨ／，但從前面臺灣華語與韓語的母音發音位置分佈圖來看，可以發現與／ㅗ／跟／ㅜ／之間的距離相比，／ㄛ／跟／ㄨ／之間的距離來得更大，因此臺灣學習者很容易把／ㅗ／跟／ㅜ／都聽成／ㄨ／。與／ㅗ／相比，／ㅜ／的嘴巴開口度更小，且嘴唇凸出的程度更大，在發音時，可以用下巴的位置及嘴唇凸出程度來分辨這兩個發音。

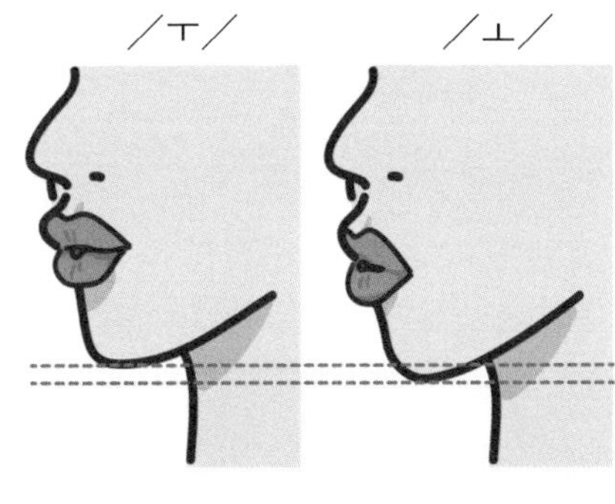

易混淆發音3

／ㅡ／、／ㄜ／

許多臺灣學習者經常分不清楚韓語／ㅡ／與臺灣華語／ㄜ／的發音，這是由於／ㄜ／的發音位置跟／ㅡ／相近。／ㅡ／跟／ㄜ／發音的最大差異在於舌位的高低，因此在發／ㅡ／時，可以注意自己的舌位有沒有比發／ㄜ／時的舌位來得更高。若是誤將／ㅡ／發成／ㄜ／的話，有可能會被韓國人誤聽成／ㅓ／哦！

知道更多

／ㅐ／與／ㅔ／的發音 09

如同前面所說的，韓國多數年輕人不會區分／ㅐ／跟／ㅔ／。韓語標準發音規定／ㅐ／的嘴巴開口程度大於／ㅔ／，舌頭位置也比／ㅔ／更下面，／ㅔ／通常會標記為 [e]，／ㅐ／通常會標記成 [æ]。

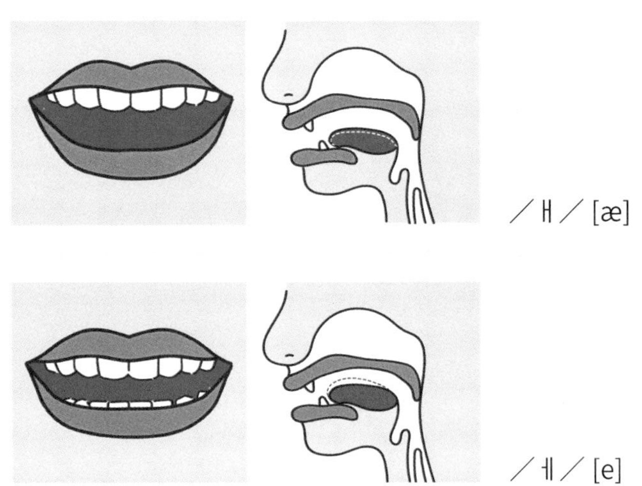

／ㅐ／ [æ]

／ㅔ／ [e]

單元 02

雙母音

雙母音是兩個母音結合成一個音，其中一個母音的發音長度會變短，這個變短的音稱為「半母音（也稱為『介音』）」（如果發音長度不變短就不是雙母音，而是兩個母音了）。韓語中的半母音共有三個，分別為／ㅣ／、／ㅜ／、／ㅡ／，按照這三個半母音形成的雙母音，分為三類，／ㅣ／類、／ㅜ／類、／ㅡ／類。

雙母音與單母音的差異在於，雙母音發音時會有舌頭位置及嘴型上的變化，而單母音發音時則不會有這樣的移動變化，這也是許多學習者在發單母音時常常犯的錯誤之一。

接下來本單元將以／ㅣ／類、／ㅜ／類、／ㅡ／類這三類，來依序介紹韓語裡的雙母音。

／ㅣ／類雙母音：／ㅣ／＋其他單母音

由發音較短的／ㅣ／及另一個發音較長的母音所結合的雙母音。

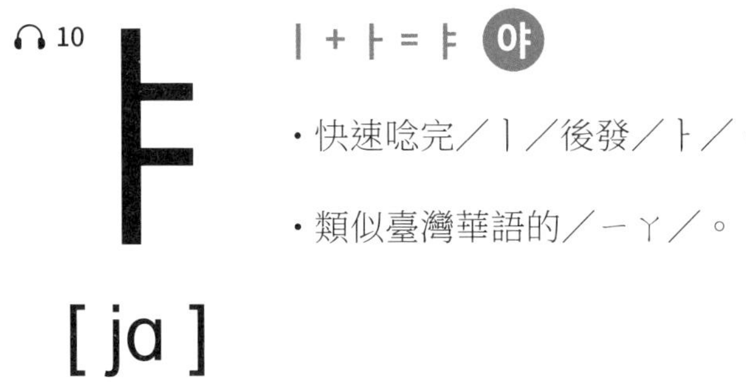

10 ㅑ [jɑ]

ㅣ + ㅏ = ㅑ 야

- 快速唸完／ㅣ／後發／ㅏ／。
- 類似臺灣華語的／ㄧㄚ／。

---

11 

ㅕ [jʌ]

ㅣ + ㅓ = ㅕ 여

- 快速唸完／ㅣ／後發／ㅓ／。
- 與臺灣華語的／ㄧㄛ（喲）／不同，須注意此發音最後的嘴形會比／ㄧㄛ／來得大，且非圓唇音。

12

[jo]

ㅣ + ㅗ = ㅛ 요

‧快速唸完／ㅣ／後發／ㅗ／。

‧與臺灣華語的／一ㄛ（喲）／發音相似。

13

[ju]

‧快速唸完／ㅣ／後發／ㅜ／。

‧類似英語的 u [ju] 發音。

‧可以將臺灣華語的／ㄧㄨ／合在一起發音，但須將臺灣華語／ㄧ／的發音長度縮短，否則會變成兩個單母音。

14

ㅒ ㅖ

[jɛ] [jɛ]

ㅣ + ㅐ = ㅒ 얘

ㅣ + ㅔ = ㅖ 예

- 快速唸完／ㅣ／後發／ㅔ／。
- 一般來說，韓國人不太會區別這兩者的發音，都可以發成類似臺灣華語／ㄧㄝ／的音。

知道更多

「ㅒ」、「ㅖ」的標準（規範）發音分別為 [jæ]、[jɛ]，也就是「ㅒ」的發音開口會更大。

/ㅜ/類雙母音：/ㅜ/＋其他單母音

由發音較短的/ㅜ/及另一個發音較長的母音所結合的雙母音。

15

[wa]

ㅗ + ㅏ = ㅘ 와

・快速唸完/ㅜ/後發/ㅏ/。

・類似臺灣華語/ㄨㄚ/。

16

[wʌ]

ㅜ + ㅓ = ㅝ 워

・快速唸完/ㅜ/後發/ㅓ/。

・與臺灣華語的/ㄨㄛ/相似，但相對於/ㄨㄛ/，/ㅝ/最後的嘴型開口要開更大，且嘴唇不能凸出來。

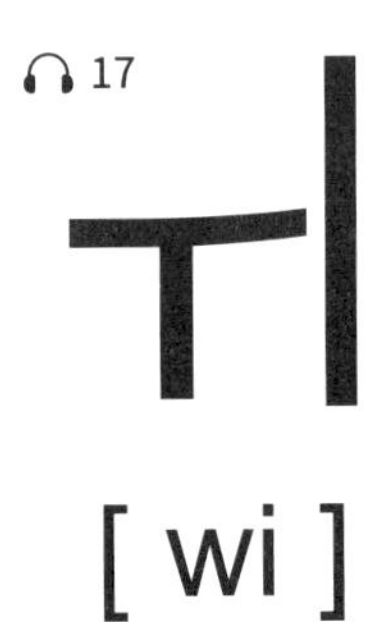

ㅜ + ㅣ = ㅟ 위

・快速唸完／ㅜ／後發／ㅣ／。

・類似於快速唸臺灣華語的／ㄨㄧ／，而／ㄨ／的發音長度較為短。

・有些人會發成單母音的 [y]，類似台灣華語的／ㄩ／。

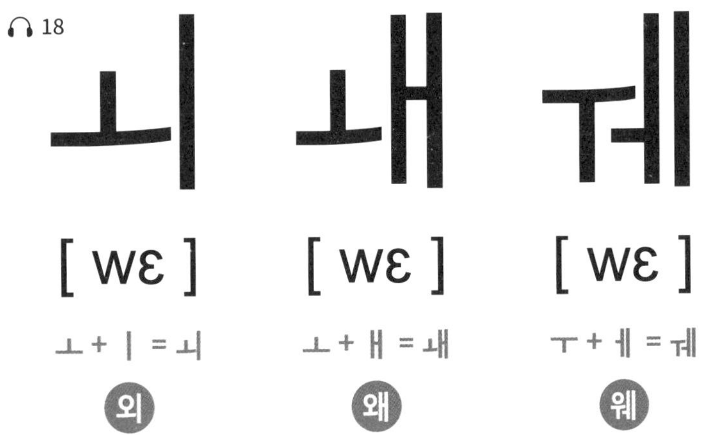

・快速唸完／ㅜ／後發／ㅔ／。

・雖然這三個字字形不同，但一般來說韓國人不太會區別這三者的發音，都可以發成類似臺灣華語／ㄨㄝ／的音。

知道更多 1

「ㅞ」、「ㅚ」、「ㅙ」的標準發音分別為 [we]、[wɛ]、[wæ]，就嘴巴開口大小由小到大（舌頭位置由高到低）分別為：「ㅚ」>「ㅞ」>「ㅙ」。

知道更多 2

／ㅘ／、／ㅙ／、／ㅚ／是按照字形發音嗎？

／ㅘ／、／ㅙ／母音並不是快速地唸／ㅗ／＋／ㅏ／、／ㅗ／＋／ㅐ／，而是發成／ㅜ／＋／ㅏ／，及／ㅜ／＋／ㅐ／。／ㅚ／在 15 世紀時，雖然是唸成／ㅗ／＋／ㅣ／，但在現代韓語裡，要發成／ㅜ／＋／ㅔ／的音。

知道更多 3

單母音的／ㅚ [ø] ／和／ㅟ [y] ／怎麼唸呢？

老一輩的韓國人發音時會將／ㅚ／及／ㅟ／唸成單母音，但多數的年輕人則發音為雙母音。

／ㅚ／的單母音發音方式相當於先唸一個／ㅔ／的發音，不要移動舌頭的位置，將嘴巴變成圓唇即可。

／ㅟ／的單母音發音方式相當於先唸一個／ㅣ／的發音，一樣不移動舌頭的位置，再將嘴唇凸出變成圓唇，發音類似臺灣華語的／ㄩ／。

／ㅡ／類雙母音：／ㅡ／＋／ㅣ／

19

由發音較短的／ㅡ／及較長的／ㅣ／母音所結合的雙母音。

[ɯi]

ㅡ + ㅣ = ㅢ 의

- 快速唸完／ㅡ／後發／ㅣ／。
- 學習者在發／ㅢ／這個雙母音時，可能會不小心發成／ㄜㄧ／發音，但這兩組發音最明顯的差異在於唸／ㅢ／的發音時，舌頭高度不會有明顯地上下移動，但唸／ㄜㄧ／時，舌頭高度會由下往上移動，因此在練習／ㅢ／發音時，可以試著讓舌頭不要上下移動。

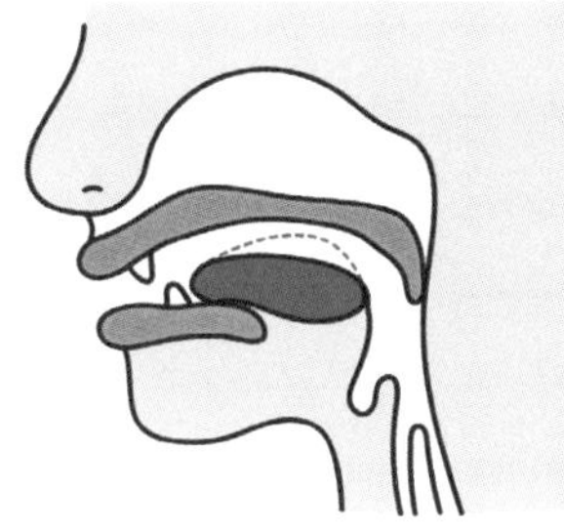

→

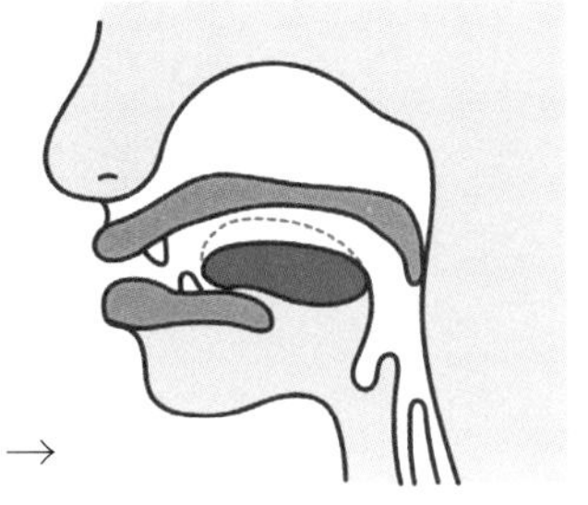

聽聽看、唸唸看 20

이유	名	理由
요요	名	溜溜球
예의	名	禮儀
여야	名	執政黨與在野黨
와우	名	蝸牛
위에		在上面
왜요	句	怎麼了、為什麼
워워～	感	（勸人冷靜的）嘆詞
얘기	名	話
외우다	動	背
여기	代 副	這裡
여우	名	狐狸
우유	名	牛奶
유의	名	留意

知道更多

／ㅢ／的實際發音

在實際對話裡，／ㅢ／有三種發音：

第一種：／ㅢ／出現在第一個字時，且首音沒有子音的情況 → [ㅢ]

第二種：／ㅢ／出現在不是第一個字或是首音存在子音的情況 → [ㅣ]

第三種：「의／ㅢ／」表示「所屬」意思的「的」，或者是電話號碼中的「-」時 → [ㅔ]

單元 03

首音子音

韓語的首音子音，按照發音方法可分為塞音、摩擦音、塞擦音、鼻音、流音。本單元將會詳細介紹臺灣華語及韓語發音的異同點，也會分享截至目前為止韓語發音教學的研究所整理出的學習方法。

下頁表格為依照發音位置及發音方法所列出的韓語子音。可以特別留意／ㅇ／在首音時不發音，表中列出他在軟顎及鼻音指的是尾音時的發音（因此在首音子音的部分不會看到／ㅇ／）。

另外，發聲的類型可依聲帶震動與否、送氣與否、拉緊聲帶肌肉與否，分為「清音（不震動聲帶）／濁音（震動聲帶）」、「送氣音／非送氣音」、「緊音（聲帶肌肉較為緊繃）／鬆音（聲帶肌肉較為放鬆）」。

在韓語裡，除了鼻音、流音及母音以外，其他的子音都是不用震動聲帶的清音（某些情況下，有些子音會發成濁音）；硬音為不送氣音，激音為送氣音，而平音雖然歸類在不送氣音裡，但實際發音時，平音會帶有一點送氣的特質；最後，硬音跟激音皆為聲帶肌肉較為緊繃的緊音，平音則為鬆音。

發音方法／發聲類型 \ 發音位置		嘴唇	齒齦	齦顎	軟顎	聲門
塞音	平音	ㅂ	ㄷ		ㄱ	
	激音	ㅍ	ㅌ		ㅋ	
	硬音	ㅃ	ㄸ		ㄲ	
摩擦音	平音		ㅅ			ㅎ
	硬音		ㅆ			
塞擦音	平音			ㅈ		
	激音			ㅊ		
	硬音			ㅉ		
鼻音		ㅁ	ㄴ		ㅇ	
流音			ㄹ			

1. 塞音：

發音時，氣流的通道原先因發音器官的碰觸而受到阻礙，之後打開碰觸的發音器官，同時送氣。

★唇音（ㅂ - ㅍ - ㅃ）：
須將嘴唇閉起後，邊張開嘴唇，邊送氣通過嘴唇所發出的音。

✓ 平音

[p/b]

1. 閉上嘴唇
2. 張開嘴唇的同時，輕輕送氣發音

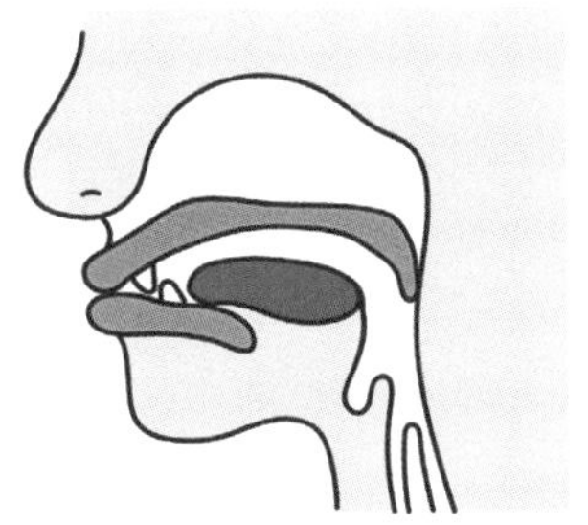

- 單唸時，／ㅂ／發音為 [p]，會用低音來發音。發韓語／ㅂ [p] ／時，可以想像成臺灣華語的／ㄆ／來發音，但須減少送出的氣流量。
- 在母音的後面時，／ㅂ／發音為 [b]。發韓語／ㅂ [b] ／時，類似臺灣華語的／ㄅ／，差別在／ㅂ [b] ／須震動聲帶發音。

臺灣閩南語「買」、「慢」，或英語「book」、「base」，或日語「ば、び、ぶ、べ、ぼ」等等，這些字的子音都是濁音的 [b]。

聽聽看、唸唸看 21

바 vs ㄆㄚ
부 vs ㄆㄨ

아바 vs ㄚ ㄅㄚ
우부 vs ㄨ ㄅㄨ

✓ 激音

[pʰ]

1. 閉上嘴唇
2. 張開嘴唇的同時送出較多的氣流來發音

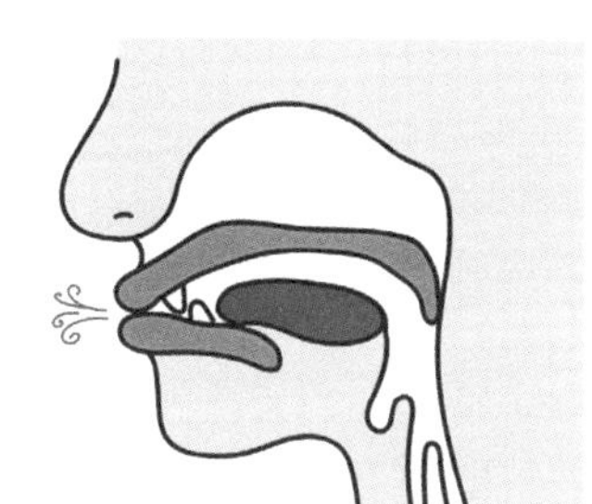

• ／ㅍ [pʰ] ／單唸時，會用高音（類似華語的一聲）來發音。可以想像成臺灣華語的／ㄆ／來發音。

聽聽看、唸唸看 22

파 vs ㄆㄚ
푸 vs ㄆㄨ

아파 vs ㄚ ㄆㄚ
우푸 vs ㄨ ㄆㄨ

✓ 硬音

[p*]

1. 閉上嘴唇、拉緊聲帶的肌肉
2. 張開嘴唇的同時發音

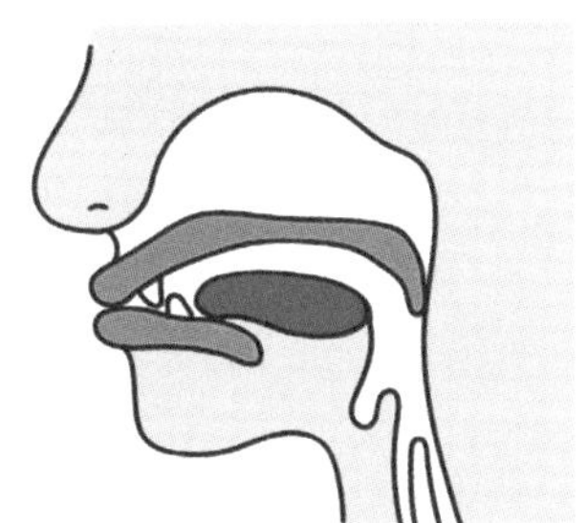

- ／ㅃ [p*] ／單唸時，會用高音（類似華語的一聲）來發音。
- 可以想成臺灣華語的／ㄅ／來發音，但是必須拉緊聲帶的肌肉及雙唇的肌肉來發音。

聽聽看、唸唸看 23

빠 vs ㄅㄚ	아빠 vs ㄚㄅㄚ
뿌 vs ㄅㄨ	우뿌 vs ㄨㄅㄨ

發音小技巧1

如何知道聲帶的肌肉是否拉緊

發硬音時，可以摸摸看自己的喉頭位置來感受一下喉頭（喉結）附近肌肉的拉緊及喉頭的上升。硬音在發音時，聲帶的肌肉會拉緊，此時喉頭的位置也會上升，因此如果喉頭的位置有上升，就可以確定自己有將聲帶的肌肉拉緊了（Kim & Clements，2015；위원징・홍미주， 2013）

一起唸看看（須參考之後的子音介紹） 24

빠 vs ㄅㄚ	뿌 vs ㄅㄨ	삐 vs ㄅㄧ
따 vs ㄉㄚ	뚜 vs ㄉㄨ	띠 vs ㄉㄧ
까 vs ㄍㄚ	꾸 vs ㄍㄨ	끼 vs ㄍㄧ

發音小技巧2

母音後面的硬音發音（須參考之後的子音介紹）

硬音出現在母音後面時，可以在前面的字加上「同個發音位置的尾音」來發音，可以讓硬音的發音更清楚。例如，如果後面的字首音為／ㅃ／，前面的字尾音的部分可以加上／ㅂ／發音；後面的字首音為／ㄸ／時，前面的字尾音則可以加上／ㄷ／來發音：

／아빠／可以想像成／압빠／

／아따／可以想像成／앋따／

／아까／可以想像成／악까／

＃要注意唸得時候必須一氣呵成，才不會讓韓國人意識到我們多唸了尾音。

可以這麼發音的原因在於發非單唸的硬音時，與前面的字會有個較長的停頓區間，對於韓國人而言，有沒有聽到這個停頓區間，是判斷是否為硬音的線索之一，而發尾音時會出現這樣的停頓區間。此外，由於尾音的發音阻擋了從嘴巴和鼻子出去的氣流，同時增加喉嚨內的壓力，製造出了適合硬音的發音環境。（박시균・김지영，2019）

聽聽看、唸唸看 25

압빠 vs 아빠	옵뽀 vs 오뽀	입삐 vs 이삐
앋따 vs 아따	옫또 vs 오또	읻띠 vs 이띠
악까 vs 아까	옥꼬 vs 오꼬	익끼 vs 이끼

聽聽看、唸唸看 26

바보	名	傻瓜	고프다	形	餓
보다	動	看	포토	名	photo
포기	名	放棄	바쁘다	形	忙碌的

發音小技巧 3

平音、硬音、激音的氣流量差異

硬音　平音　激音

發音時氣流出的多寡，按照少到多分別是硬音 < 平音 < 激音，發音時可以拿一張衛生紙或是發票當作小道具來看看，是否跟圖上呈現的一樣。

一起唸看看（須參考之後的子音介紹） 27

① 바 vs 파 vs 빠	② 부 vs 푸 vs 뿌
③ 다 vs 타 vs 따	④ 두 vs 투 vs 뚜
⑤ 가 vs 카 vs 까	⑥ 구 vs 쿠 vs 꾸

知道更多 1

硬音＝四聲？

雖然四聲的發音會讓聲帶緊繃，製造出與硬音相同的發音環境，但是四聲的音高是由高到低，硬音在單唸時，多會使用平平的高音（類似華語的一聲）。另外，四聲的發音長度較短，但硬音發音時長度並不會比較短，因此要注意發硬音時，不要像臺灣華語的四聲一樣發得短短的。

聽看看（參考之後的子音介紹） 28

빠　뽀　따　또　까　꼬

知道更多 2

硬音＝大聲唸？

韓國人發硬音時，除了前面有提到的氣量會很少以及聲帶必須拉緊這兩個特質之外，還有另外一個特質——音的強度（大、小聲）較大。在同樣的語音環境下，硬音相對於激音或平音，發音的強度會更大，也就是比平音或激音更為大聲。（박한상，2003）

★軟顎音（ㄱ - ㅋ - ㄲ）：
須將後舌觸碰軟顎後，邊放下後舌，邊送氣通過軟齶所發出的音。

✓ 平音

[k/g]

1. 用後舌碰軟齶
2. 打開後舌觸碰處的同時，輕輕送氣發音

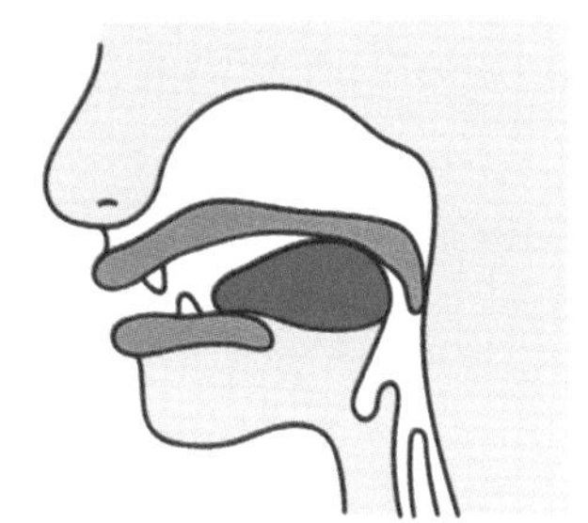

- 單唸時，／ㄱ／時發音為 [k]，會用低音來發音。發韓語／ㄱ [k] ／時，可以想像成臺灣華語的／ㄎ／來發音，但須減少送出的氣流量。

- 在母音的後面時，／ㄱ／發音為 [g]。發韓語／ㄱ [g] ／時，類似臺灣華語的／ㄍ／，差別在／ㄱ [g] ／須震動聲帶發音。

臺灣閩南語的「月」、「我」、「牛」，或英語的「good」、「get」，或日語的「が、ぎ、ぐ、げ、ご」，這些字的子音都是濁音的 [g]。

聽聽看、唸唸看 29

가 vs ㄎㄚ　　아가 vs ㄚ ㄍㄚ
구 vs ㄎㄨ　　우구 vs ㄨ ㄍㄨ

✓ 激音

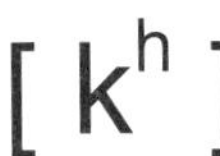

1. 用後舌碰軟齶
2. 打開後舌觸碰處，同時送出較多的氣流來發音

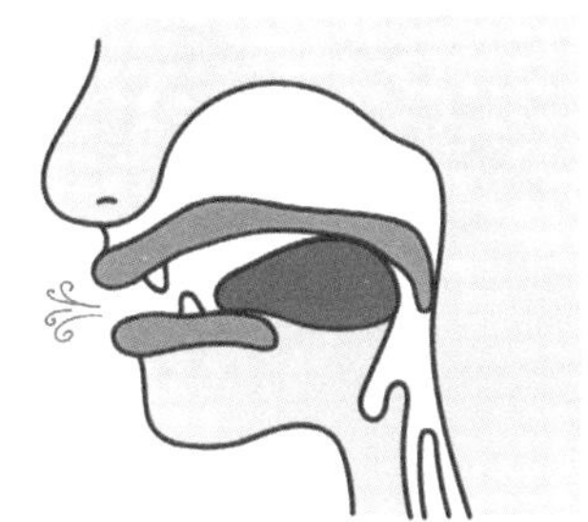

- ／ㅋ [kʰ] ／在單唸時，會用高音（類似華語的一聲）來發音。
- 可以想像成臺灣華語的／ㄎ／來發音。

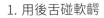

聽聽看、唸唸看 30

카 vs ㄎㄚ　　아카 vs ㄚ ㄎㄚ
쿠 vs ㄎㄨ　　우쿠 vs ㄨ ㄎㄨ

✓ 硬音

[k*]

1. 用後舌碰軟齶、拉緊聲帶的肌肉
2. 打開後舌觸碰處的同時發音

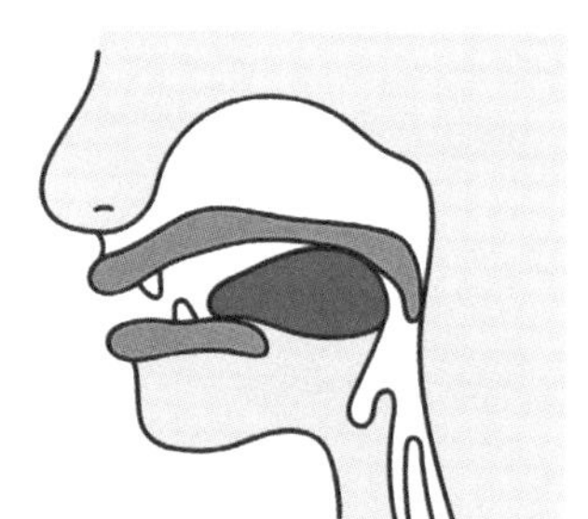

• ／ㄲ [k*] ／在單唸時，會用高音（類似華語的一聲）來發音。可以想像成臺灣華語的／ㄍ／來發音，但是必須拉緊聲帶的肌肉和（碰觸軟顎的）後舌肌肉來發音。

聽聽看、唸唸看 31

까 vs ㄍㄚ　　아까 vs ㄚㄍㄚ

꾸 vs ㄍㄨ　　우꾸 vs ㄨㄍㄨ

★齒齦音（ㄷ - ㅌ - ㄸ）：
將舌端（舌尖）碰觸齒齦後，邊放下舌端／舌尖，邊送氣通過齒齦所發出的音。

✓ 平音

1. 用舌端（舌尖）碰齒齦

2. 打開舌端觸碰處的同時輕輕送氣發音

[t/d]

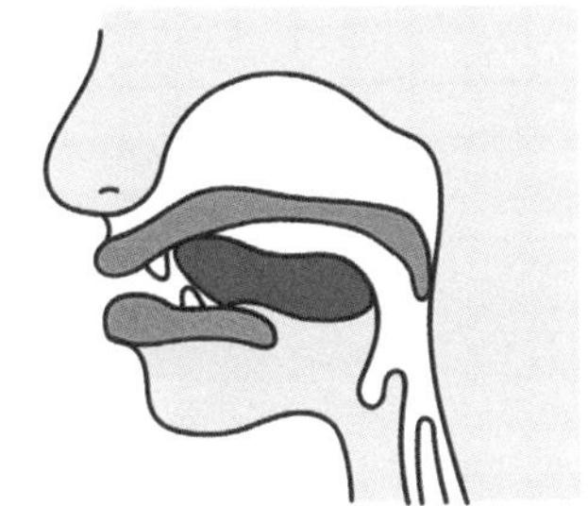

- 在單唸時，／ㄷ／時發音為 [t]，會用低音來發音。發韓語／ㄷ [t] ／時，可以想像成臺灣華語的／ㄊ／來發音，但須減少送出的氣流量。
- ／ㄷ／在母音的後面時，發音為 [d]。發韓語／ㄷ [d] ／時，類似臺灣華語的／ㄉ／，差別在／ㄷ [d] ／需要震動聲帶發音。

英語的「dog」、「door」，或日語的「だ、ぢ、づ、で、ど」，這些字的子音都是濁音的 [d]。

聽聽看、唸唸看 32

다 vs ㄊㄚ

두 vs ㄊㄨ

아다 vs ㄚㄉㄚ

우두 vs ㄨㄉㄨ

✓ 激音

1. 用舌端（舌尖）碰齒齦
2. 打開舌端觸碰處，同時送出較多的氣流來發音

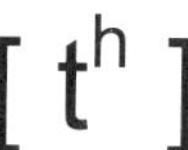

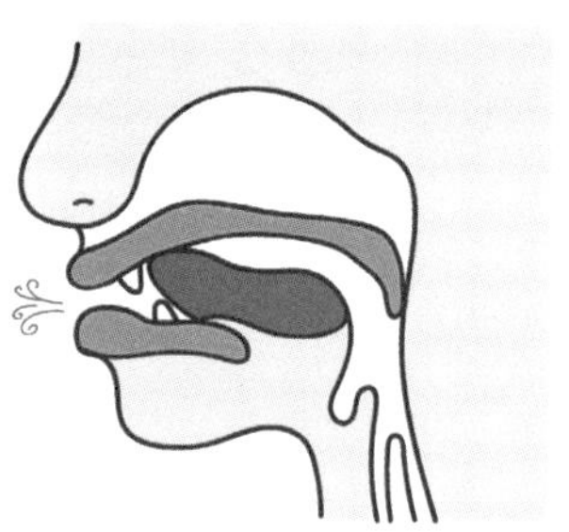

• ／ㅌ [t^h] ／在單唸時，會用高音（類似華語的一聲）來發音。

• 可以想像成臺灣華語的／ㄊ／來發音。

聽聽看、唸唸看 33

타 vs ㄊㄚ

투 vs ㄊㄨ

아타 vs ㄚㄊㄚ

우투 vs ㄨㄊㄨ

✓ 硬音

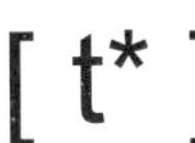

1. 用舌端（舌尖）碰齒齦、拉緊聲帶的肌肉
2. 打開觸碰處的同時發音

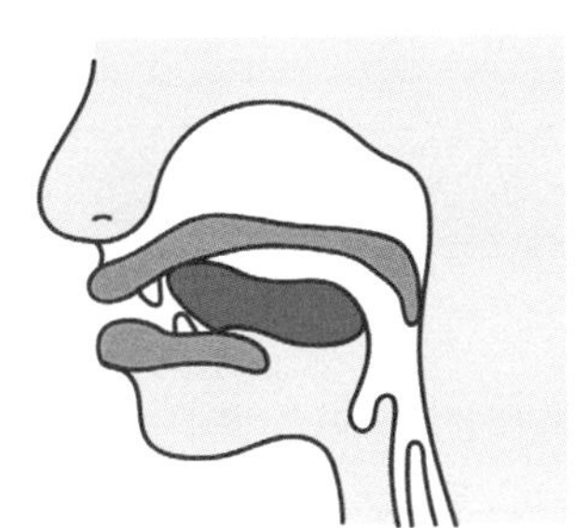

- ／ㄸ [t*]／在單唸時，會用高音(類似華語的一聲)來發音。可以想像成臺灣華語的／ㄉ／來發音，但是必須拉緊聲帶的肌肉和(碰觸到齒齦的)舌尖/舌端肌肉來發音。

聽聽看、唸唸看 34

따 vs ㄉㄚ	아따 vs ㄚㄉㄚ
뚜 vs ㄉㄨ	우뚜 vs ㄨㄉㄨ

2. 摩擦音：

發音時，發音器官彼此靠近形成狹窄的氣流通道，使氣流通過時，產生摩擦。

★齒齦音（ㅅ - ㅆ）：
將舌端靠近齒齦的位置後，送氣通過齒齦所發出的音。

1. 舌端靠近齒齦，但注意不能碰到齒齦

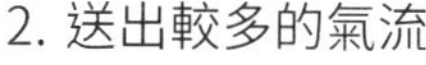
2. 送出較多的氣流

[s]

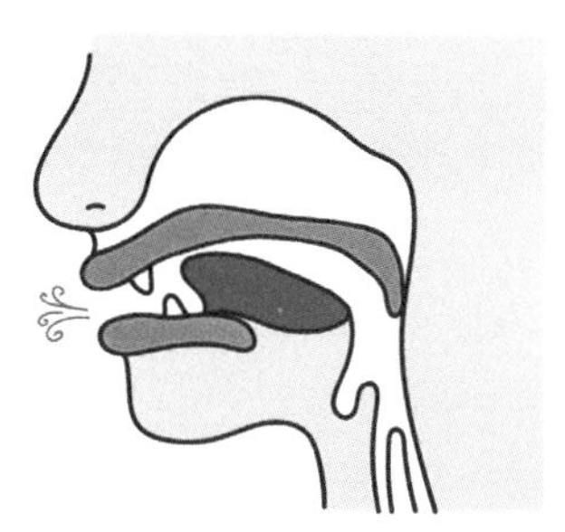

1. 舌端靠近齒齦後面一點的位置（齦齶位置），但注意不要碰到齦齶

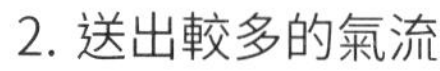
2. 送出較多的氣流

[ɕ]

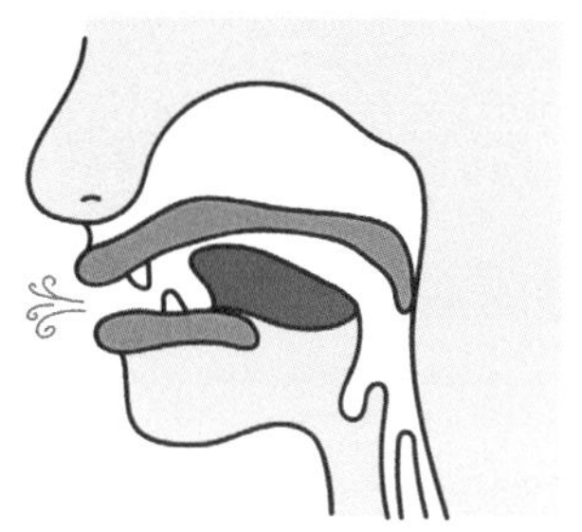

- ／ㅅ／在單唸時，會用高音（類似臺灣華語的一聲）來發音。

- 與非／ㅣ／類母音結合時，／ㅅ／發音為 [s]。發韓語／ㅅ [s] ／時，可以想像成臺灣華語的／ㄙ／來發音，但注意舌端須在齒齦的位置，且要送氣。

- 與／ㅣ／類母音（ㅣ, ㅑ, ㅕ, ㅛ, ㅠ, ㅒ, ㅖ, ㅟ）結合時，／ㅅ／發音為 [ɕ]。發韓語／ㅅ [ɕ] ／時，可以想像成臺灣華語的／ㄒ／來發音，但注意要送氣。

- 韓語音韻學將／ㅅ／歸類為平音，但實際上發音時需要送氣。

聽聽看、唸唸看 35

사 vs ㄙㄚ vs ㄘㄚ
수 vs ㄙㄨ vs ㄘㄨ
쉬 vs ㄒㄩ
시 vs ㄒㄧ

知道更多

臺灣學習者聽到與非／ㅣ／類母音結合的／ㅅ／時，可能會覺得像／ㄘ／或／ㄙ／。

	ㅅ	ㄘ	ㄙ
摩擦音	✓	✘	✓
激音（送氣音）	✓	✓	✘

從上表可以發現，／ㅅ／與／ㄙ／同為摩擦音，／ㅅ／與／ㄘ／同為激音（送氣音），也就是說／ㄙ／、／ㄘ／各與／ㅅ／的其中一個特質相同；再加上／ㄙ／及／ㄘ／的發音位置與／ㅅ／很相近。綜合上述原因，對臺灣學習者來說，／ㅅ／聽起來可能會像是／ㄙ／或／ㄘ／。

／ㄙ／及／ㄘ／的發音位置與／ㅅ／的發音位置不同，在發／ㅅ／的音時，要多注意舌頭有沒有放在對的位置上！

1. 舌端靠近齒齦，但注意不能碰到齒齦

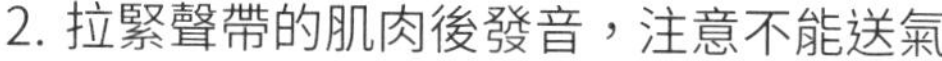
2. 拉緊聲帶的肌肉後發音，注意不能送氣

[s*]

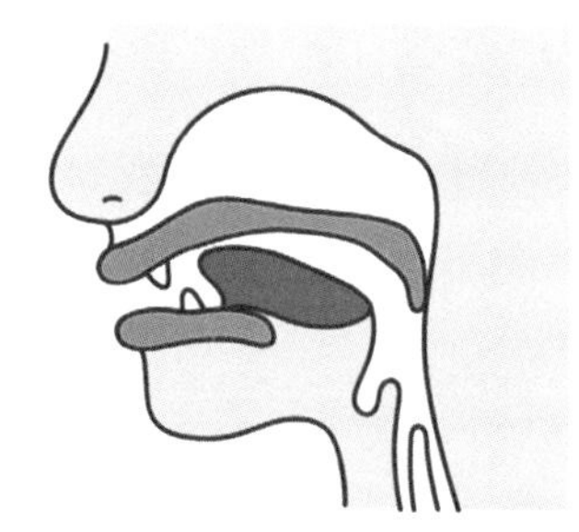

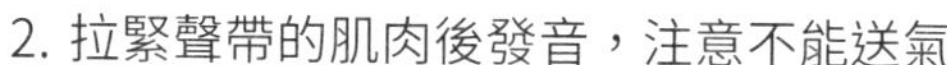
1. 舌端靠近齒齦後面一點的位置（齦齶位置），但注意不要碰到齦齶

2. 拉緊聲帶的肌肉後發音，注意不能送氣

[ɕ*]

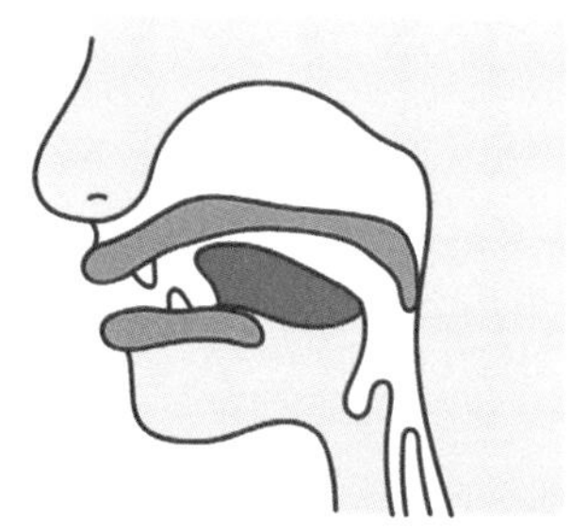

- ／ㅆ／在單唸時，會用高音（類似臺灣華語的一聲）來發音。

- 與非／ㅣ／類母音／結合時，／ㅆ／的發音為 [s*]。發韓語／ㅆ [s*] ／時，可以想像成臺灣華語的／ㄙ／來發音，但注意舌端須在齒齦的位置，以及要拉緊聲帶的肌肉及舌頭前端肌肉來發音，並且不用送氣。

• 與／ㅣ／類母音(ㅣ, ㅑ, ㅕ, ㅛ, ㅠ, ㅒ, ㅖ, ㅟ)結合時，／ㅆ／的發音為 [ɕ*]。／ㅆ [ɕ*] ／可以想像成臺灣華語的／ㄒ／來發音，但注意須拉緊聲帶肌肉及舌頭前端肌肉來發音，並且不用送氣。

聽聽看、唸唸看 36

싸 vs ㄙㄚ　　쒸 vs ㄒㄩ
쑤 vs ㄙㄨ　　씨 vs ㄒㄧ

知道更多

臺灣學習者很少會利用氣流的長度來判斷／ㅅ／與／ㅆ／（學習者們是經常透過「音高」來判斷）；反之，韓語母語人士會以氣流的長度來判斷／ㅅ／與／ㅆ／，氣流的長度越長，韓語母語人士越容易聽成／ㅅ／（장혜진，2012）。

在聽或發音／ㅅ／與／ㅆ／的時候可以多注意氣流的長度。（양서유·사역청，2021）

★聲門音（ㅎ）：
送氣通過聲門所發出的音。

ㅎ

[h]

舌頭不往上靠近任何發音部位，送出較多的氣流來發音。

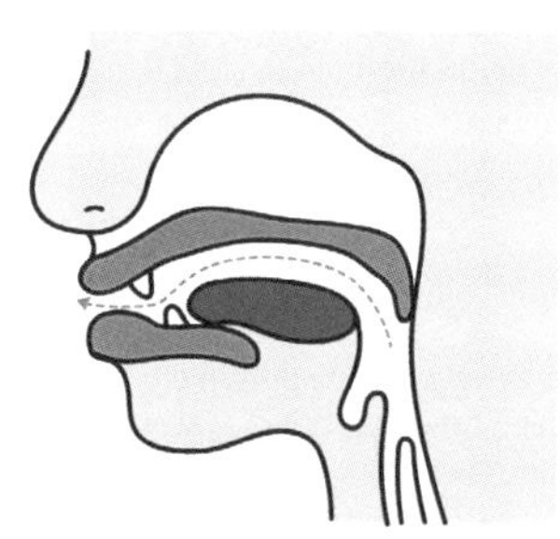

• ／ㅎ [h]／在單唸時，會用高音（類似臺灣華語的一聲）來發音。

• 大多數的情況，臺灣華語／ㄏ／和／ㅎ／的發音位置相同，所以直接用／ㄏ／來發／ㅎ／基本上沒有太大的問題（但在某些情況下發／ㄏ／的音時，可能會將後舌抬起到靠近軟齶的位置，此時發音會變為 [x]）。

聽聽看、唸唸看 37

하 vs ㄏㄚ	히 vs ㄏㄧ
후 vs ㄏㄨ	화 vs ㄏㄨㄚ

3. 塞擦音：

發音時，氣流的通道因為發音器官的碰觸而受到阻礙，之後讓發音器官分開一點點，形成狹窄的氣流通道，同時送出氣流，使氣流持續摩擦。

★ 齦顎音（ㅈ - ㅊ - ㅉ）：
將齦顎與舌端碰觸後，讓舌端與觸碰的地方分開一點點，在分開的同時送氣通過齦顎處所發出的音。

✓ 平音

ㅈ

[tɕ/dʑ]

1. 用舌端碰齒齦與齦顎之間的位置
2. 讓舌端的碰觸處分開一點點，同時輕輕送氣發音

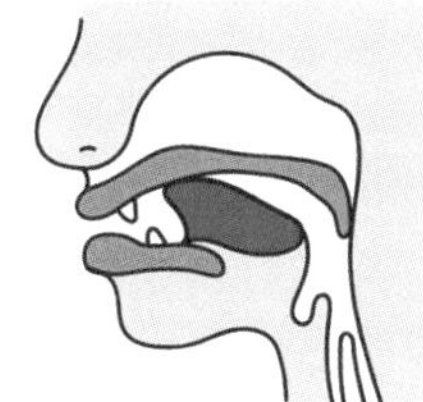

→

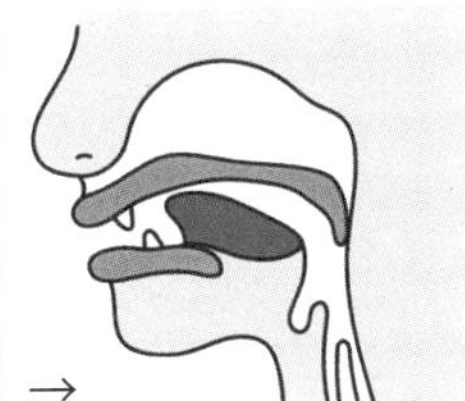

- 在單唸時，／ㅈ／發音為 [tɕ]，會用低音來發音。發韓語／ㅈ [tɕ] ／時，可以想像成臺灣華語的／ㄑ／來發音，但須減少送出的氣流量。

- 在母音的後面時，／ㅈ／發音為 [dʑ]。在發／ㅈ [dʑ] ／時，類似臺灣華語的／ㄐ／，差別是／ㅈ [dʑ] ／需要震動聲帶來發音。

#／ㅈ [dʑ] ／的發音與日語的「ぢ、じ」子音部分相同。（但須注意日語的這兩個發音，子音也有可能會被發成 [ʑ]）

聽聽看、唸唸看 38

자 vs ㄑㄧㄚ vs ㄘㄚ vs ㄐㄧㄚ

지 vs ㄐㄧ vs ㄑㄧ

아자 vs ㄚㄗㄚ vs ㄚㄐㄧㄚ

이지 vs ㄧㄐㄧ

知道更多

臺灣韓語學習者容易將不同語音環境的／ㅈ／聽成不同的華語發音（如表所示）。

容易聽成的臺灣華語發音	單唸時	母音後方
與／ㅣ／結合	／ㄑ／	／ㄐ／
與非／ㅣ／結合	／ㄘ／或／ㄑ／	／ㄗ／或／ㄐ／

・／ㅈ／與／ㅣ／類母音結合時：

臺灣學習者不容易聽成／ㄘ／或／ㄗ／，這可能會是因為在臺灣華語中／ㄘ／與／ㄗ／並不會與／ㅣ／類母音一起發音。

・／ㅈ／與非／ㅣ／類母音結合時：

1. ／ㅈ／ vs ／ㄘ／ vs ／ㄑ／：

就發音位置而言，／ㅈ／與／ㄑ／最為相近。就發音類型而言，／ㄘ／、／ㄑ／皆與／ㅈ／不同，但臺灣學習者仍然容易將／ㅈ／聽成／ㄘ／、／ㄑ／的原因可能在於首字的／ㅈ [tɕ] ／會帶有一點送氣。

	發音位置	發音類型（送氣與否）
／ㅈ／	齦顎	微送氣（首字時）
／ㄘ／	（上排）牙齒背面	送氣
／ㄑ／	齦顎	送氣

2. ／ㅈ／ vs ／ㄗ／ vs ／ㄐ／：

就發音位置而言，／ㅈ／與／ㄐ／最為相近。就發音類型而言，母音後方的／ㅈ [dʑ] ／由於聲帶震動的關係，可能會導致氣流量減少，因而容易被聽成／ㄗ／或／ㄐ／。

	發音位置	發音類型（送氣與否）
／ㅈ／	齦顎	微送氣（首字時）
／ㄗ／	（上排）牙齒背面	不送氣
／ㄐ／	齦顎	不送氣

✓ 激音

[tɕʰ]

1. 用舌端碰齒齦與齦顎之間的位置
2. 打開舌端碰觸處一點點，同時送出較多的氣流來發音

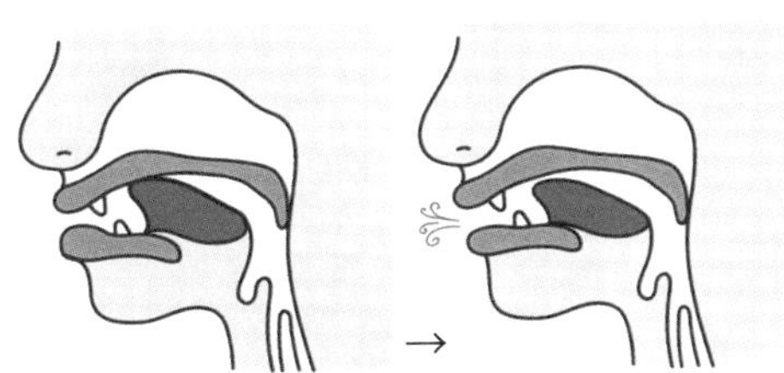

• ／ㅊ [tɕʰ] ／在單唸時，會用高音（類似臺灣華語的一聲）發音。可以想像成臺灣華語的／ㄑ／來發音。

聽聽看、唸唸看 39

차 vs ㄑㄧㄚ　　아차 vs ㄚ ㄑㄧㄚ
치 vs ㄑㄧ　　이치 vs ㄧ ㄑㄧ

✓ 硬音

[tɕ*]

1. 將舌端頂住齒齦與齦顎之間的位置、拉緊聲帶的肌肉
2. 打開舌端碰觸處的同時發音

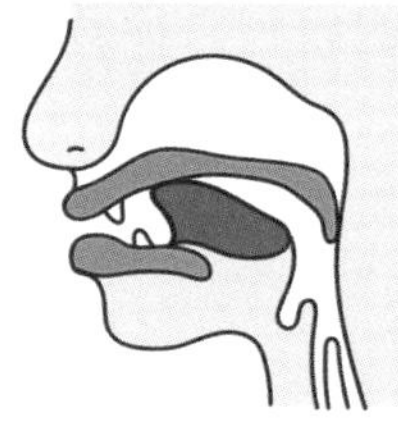
→
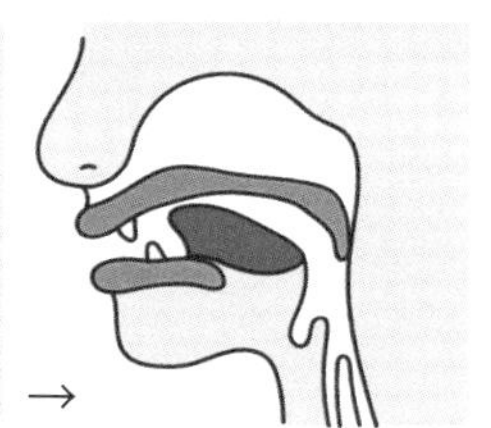

- ／ㅉ [tɕ*]／在單唸時，會用高音（類似臺灣華語的一聲）來發音。可以想像成臺灣華語的／ㄐ／，但是必須拉緊聲帶肌肉和（碰觸齦顎的）舌端肌肉來發音。

聽聽看、唸唸看 40

짜 vs ㄗㄚ　　아짜 vs ㄚ ㄗㄚ
찌 vs ㄐㄧ　　이찌 vs ㄧ ㄐㄧ

聽力練習：選出聽到的音 41

①바 파 빠

②비 피 삐

③아바 아파 아빠

④오보 오포 오뽀

⑤우부 우푸 우뿌

⑥두 투 뚜

⑦디 티 띠

⑧아다 아타 아따

⑨오도 오토 오또

⑩우두 우투 우뚜

⑪구 쿠 꾸

⑫기 키 끼

⑬아가 아카 아까

⑭오고 오코 오꼬

⑮우구 우쿠 우꾸

⑯자 차 짜

⑰지 치 찌

⑱아자 아차 아짜

⑲오조 오초 오쪼

⑳우주 우추 우쭈

㉑사 싸

㉒시 씨

㉓아사 아싸

㉔오소 오쏘

㉕우수 우쑤

答案

①파	②비	③아빠	④오보	⑤우푸
⑥두	⑦띠	⑧아타	⑨오도	⑩우뚜
⑪쿠	⑫끼	⑬아가	⑭오코	⑮우꾸
⑯자	⑰치	⑱아짜	⑲오초	⑳우주
㉑싸	㉒시	㉓아사	㉔오쏘	㉕우수

4. 鼻音：

發音時，氣流通過鼻子。（將手放在鼻孔下方，可以感受到熱氣流出）韓語的鼻音皆為會震動聲帶的濁音。

★唇音：
閉唇之後，送氣通過鼻子來發音。

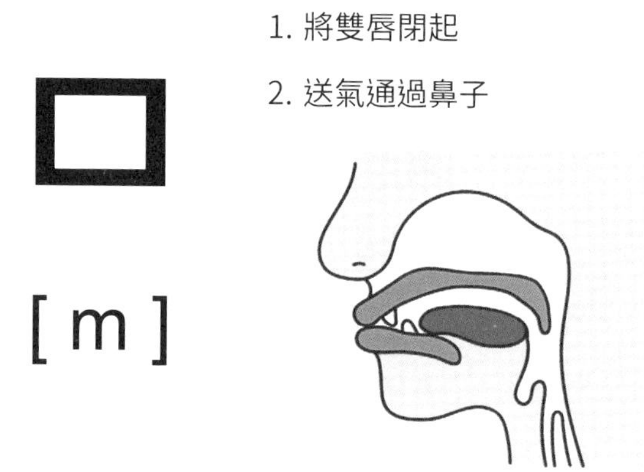

- ／ㅁ [m]／在單唸時，會用低音來發音。可以想像成臺灣華語的／ㄇ／來發音。

聽聽看、唸唸看 42

마 vs ㄇㄚ　　미 vs ㄇㄧ
무 vs ㄇㄨ

★齒齦音：

將舌頭前端放在齒齦後，送氣通過鼻子來發音。

[n]

1. 將舌端碰觸齒齦

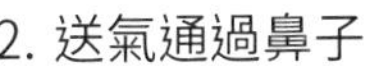

2. 送氣通過鼻子

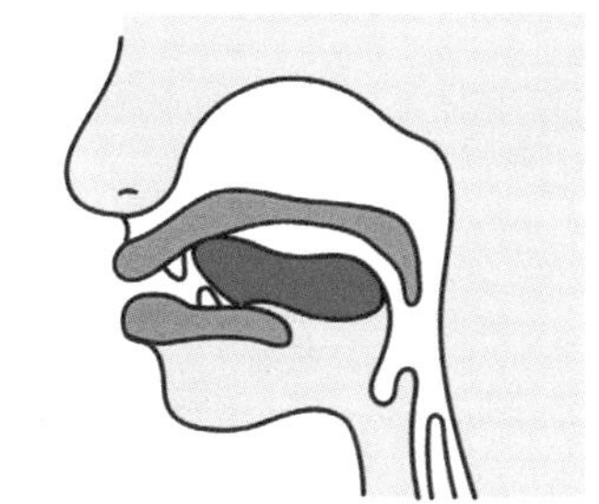

• ／ㄴ [n] ／在單唸時，會用低音來發音。可以想像成臺灣華語的／ㄋ／來發音。

聽聽看、唸唸看 43

나 vs ㄋㄚ　　니 vs ㄋㄧ

누 vs ㄋㄨ

5. 流音：

指以「r」或「l」標記的發音，在韓語中有兩種主要的發音──「閃音」及「邊音」。

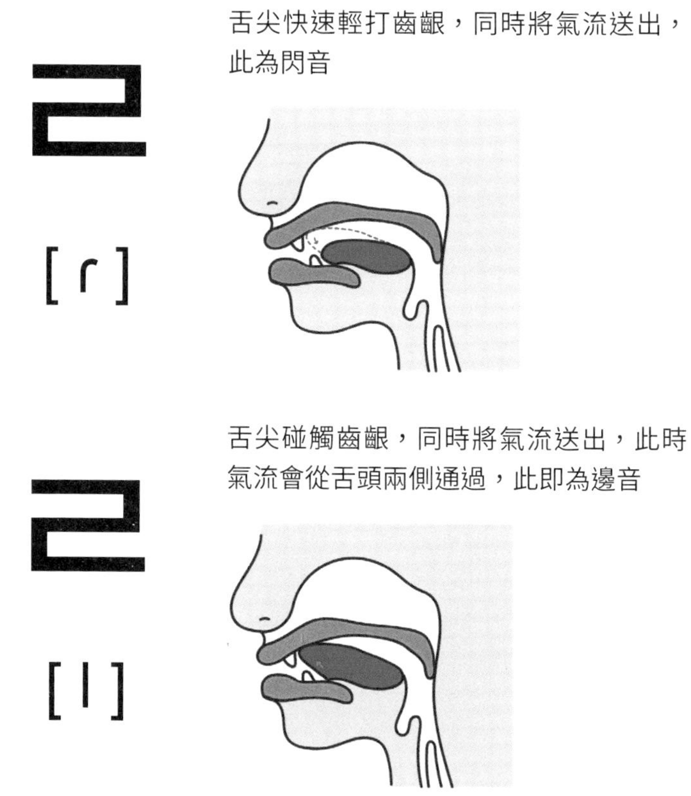

ㄹ
[ɾ]
舌尖快速輕打齒齦，同時將氣流送出，此為閃音
ㄹ
[l]
舌尖碰觸齒齦，同時將氣流送出，此時氣流會從舌頭兩側通過，此即為邊音

- ／ㄹ／在單唸時，會用低音來發音。
- 在單唸或是無尾音子音後，／ㄹ／的發音為 [ɾ]（閃音）：

  雖然／ㄹ [ɾ] ／的發音位置跟臺灣華語／ㄌ／一樣，但是由於發音方法不同（韓語／ㄹ [ɾ] ／為閃音；臺灣華語／

ㄌ／為邊音），／ㄹ [ɾ] ／在發音長度及接觸齒齦的時間上都比／ㄌ／短很多。發韓語／ㄹ [ɾ] ／時，須將舌頭放鬆，快速在齒齦的位置彈一下。

- 美式英語「better ['bɛɾɚ]」、「middle[ɾ]」、「ladder ['læɾɚ]」中間「tt」、「dd」部分的發音都是閃音的 [ɾ]。
- 在尾音子音／ㄹ／後的情況，為 [l]（邊音）。發韓語／ㄹ [l] ／的發音，可以想像成臺灣華語／ㄌ／來發音。

聽聽看、唸唸看 44

라 vs ㄌㄚ	아라 vs ㄚㄌㄚ
리 vs ㄌㄧ	이리 vs ㄧㄌㄧ
루 vs ㄌㄨ	우루 vs ㄨㄌㄨ

發音小技巧

要注意在尾音子音後和單唸時的／ㄹ／發音是閃音，舌頭必須很快地彈一下齒齦後方的位置，但注意舌頭與齒齦不能接觸太久，否則聽起來會比較像邊音，也就是臺灣華語的／ㄌ／。

在一開始練習閃音的時候，可以試著將前一字的母音跟／ㄹ／後的母音發音長度拉長，來感受閃音的「極短」。

聽聽看、唸唸看 45

아 ~ 라 ~ 아라	이 ~ 리 ~ 이리
우 ~ 루 ~ 우루	에 ~ 레 ~ 에레
으 ~ 르 ~ 으르	

尾音子音

韓語的尾音子音，共有 7 個發音，雖然在字形上存在著不只七個字，但實際在發音時，只能發出 7 種音，而這 7 種發音稱為代表音。在這邊也簡單複習一下，我們在背景知識篇裡介紹過的音節結構。

韓語的音節結構最多可以同時發出首音子音、（單／雙）母音、尾音子音，也就是雖然子形上存在著雙尾音子音，但實際發音時只能發出其中的一個尾音。為了更清楚瞭解尾音的概念，我們可以參考下面兩張圖：

一個發音只有一個首音子音與一個母音：假設發的是／바／這個音。

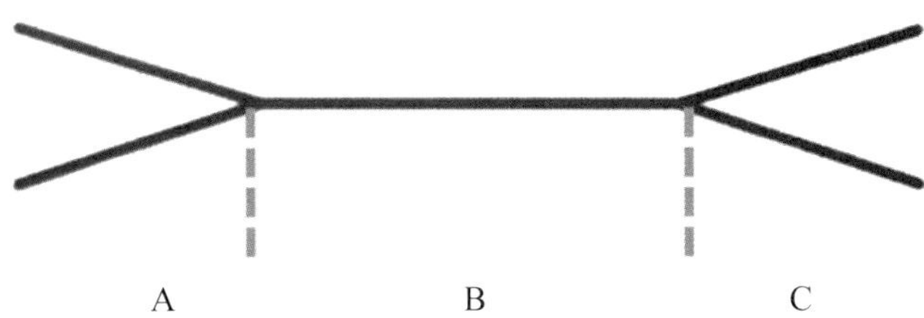

<table>
<tr><th>區間</th><th>詳細說明</th><th>發音區段</th></tr>
<tr><td>A</td><td>將嘴巴閉起來的過程
（將發音器官進行碰觸或靠近的過程）</td><td rowspan="2">ㅂ</td></tr>
<tr><td>B</td><td>嘴巴閉著的期間
（發音器官完成靠近或碰觸後持續的期間）</td></tr>
<tr><td>C</td><td>嘴巴打開的過程
（再次將發音器官打開的期間）</td><td>ㅂ到ㅏ</td></tr>
</table>

發音是由一個母音與一個尾音組成：假設發的是／압／這個音。

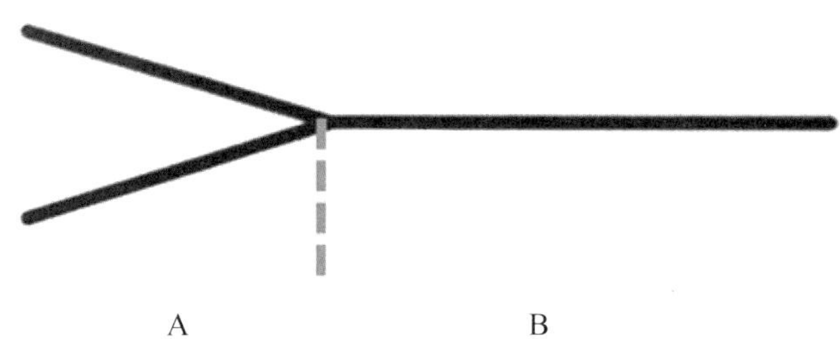

區間	詳細說明	發音區段
A	將嘴巴關起來的過程 （將發音器官進行碰觸或靠近的過程）	ㅏ到ㅂ
B	嘴巴閉著的期間 （發音器官完成靠近或碰觸後持續的期間）	ㅂ

將臺灣華語的尾音子音與韓語的尾音子音作比較的話，可製成下表：

發音方法	發音位置	臺灣華語	韓語
鼻音	雙唇	-	ㅁ [m]
	齒齦	ㄣ [n]	ㄴ [n]
	軟顎	ㄥ [ŋ]	ㅇ [ŋ]
塞音	雙唇	-	ㅂ [p̚]
	齒齦	-	ㄷ [t̚]
	軟顎	-	ㄱ [k̚]
流音	齒齦	-	ㄹ [l]

✓ 齒齦鼻音

ㄴ

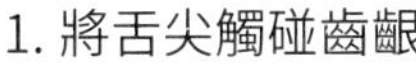

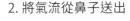

1. 將舌尖觸碰齒齦
2. 將氣流從鼻子送出

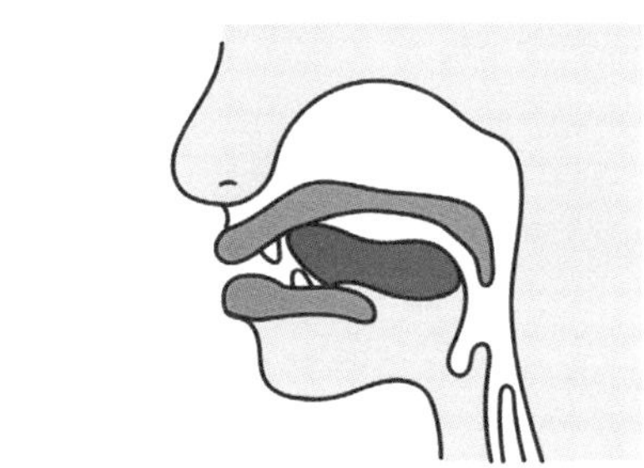

[n]

- 可以想像成臺灣華語的／ㄣ／來發音，注意這個字在唸時，須將舌尖（舌頭的前端）碰在齒齦的位置，且舌尖不可以離開齒齦。（／안／則可以想像成／ㄢ／來發音，但母音部分舌頭需要往後一點發音）

(1) 先透過首音子音來抓到發音的位置，之後再練習尾音子音。 🎧 46

아나／안　　　이니／인
어너／언　　　으느／은
오노／온　　　애내／앤
우누／운

(2) 利用後方的首音子音來感受相同的發音位置。 🎧 47

안나 언너 온노 운누 인니 은느 앤내

單字練習 48

안구	名	眼球	그만	副	到此為止
은혜	名	恩惠	구간	名	區間
인구	名	人口	내년	名	明年

✓ 軟顎鼻音

1. 將後舌觸碰軟齶
2. 將氣流從鼻子送出

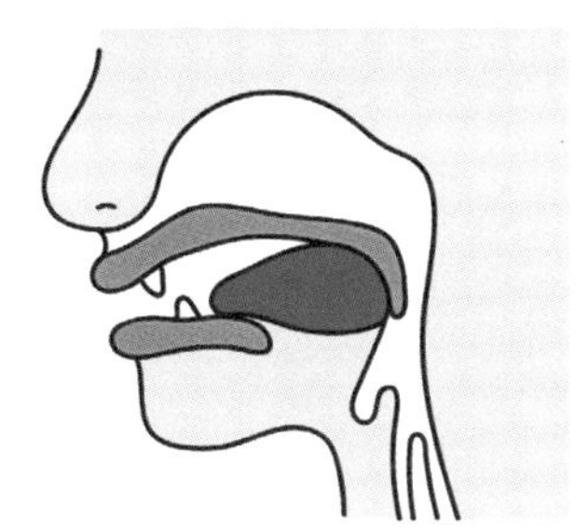

- 可以想像成臺灣華語的／ㄥ／來發音，注意這個字在唸時，須將後舌（舌頭的後方）碰在軟顎的位置，且後舌不可離開軟齶。若覺得太難感受，可以想像成要發／ㄴ／，但舌尖（舌頭前半部）不可以往上抬碰到齒齦。（／앙／可以想像成／ㄤ／來發音）

利用後方的首音子音來感受相同的發音位置。 49

앙가 엉거 옹고 웅구 잉기 응그 앵개

單字練習 50

앵무새	名	鸚鵡	가능	名	可能
안녕	名	你好、再見	장사	名	生意
잉여	名	剩餘	생생하다	形	生意盎然、歷歷在目

✓ 雙唇鼻音

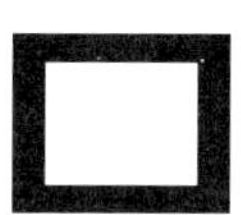

[m]

1. 將雙唇閉上
2. 將氣流從鼻子送出

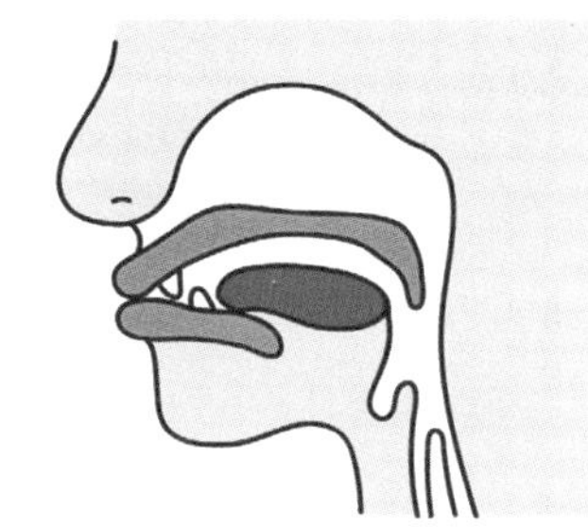

- 發音時，須將雙唇閉上發出鼻音，並且不可以將雙唇打開（不要在閉唇之前先將舌端或舌尖碰到齒齦）。

(1) 先透過首音子音來抓到發音的位置，之後再練習尾音子音。 51

아마／암　　어머／엄
오모／옴　　우무／움
이미／임　　애매／앰
으므／음

(2) 利用後方的首音子音來感受相同的發音位置。 52

암마 엄머 옴모 움무 임미 음므 앰매

單字練習 53

선생님	名	老師	이름	名	名字
마음	名	內心	감동	名	感動
몸매	名	身材	곰팡이	名	黴菌

✓ 雙唇塞音

將雙唇閉上，擋住口腔及鼻腔氣流

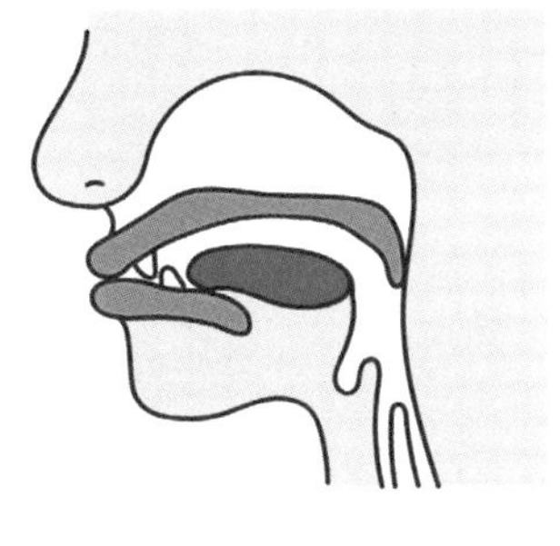

[p̚]

(ㅂ, ㅍ)

( ) 內的子音出現在尾音的位置時，尾音發音一樣

• 發音時，須將雙唇閉上並且不可將雙唇打開。

(1) 先透過首音子音來抓到發音的位置，之後再練習尾音子音。 54

아바／압	이비／입
어버／업	으브／읍
오보／옵	애배／앱
우부／웁	

(2) 利用後方的首音子音來感受相同的發音位置。 55

압／바	입／비
업／버	읍／브
옵／보	앱／배
웁／부	

單字練習 56

가입	名	加入	갑자기	副	突然地
귀엽다	形	可愛的	갚다	動	償還
기업	名	企業	높다	形	高

✓ 齒齦塞音

將舌尖碰觸齒齦，擋住口腔及鼻腔氣流

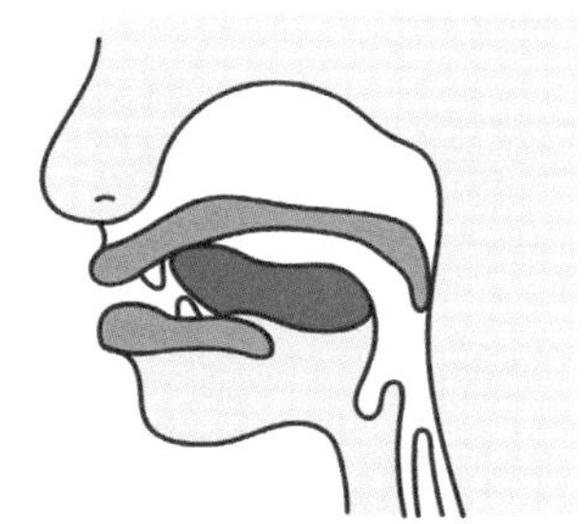

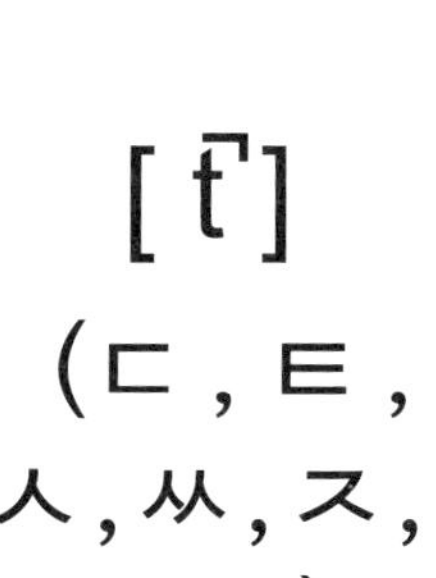

- 發音時，須將舌尖（舌頭前端）碰在齒齦的位置並且不可將舌尖移開齒齦。

(1) 先透過首音子音來抓到發音的位置，之後再練習尾音子音。 57

아다／앋	이디／읻
어더／얻	으드／읃
오도／옫	애대／앧
우두／욷	

(2) 利用後方的首音子音來感受相同的發音位置。 58

앋／다	읻／디
얻／더	앧／대
욷／두	

單字練習 59

있다	動形	有；在	맡다	動	擔任
닫다	動	關	찾다	動	找
솥	名	鍋子	웃다	動	笑

√ 軟顎塞音

將後舌碰觸軟齶，擋住口腔及鼻腔氣流

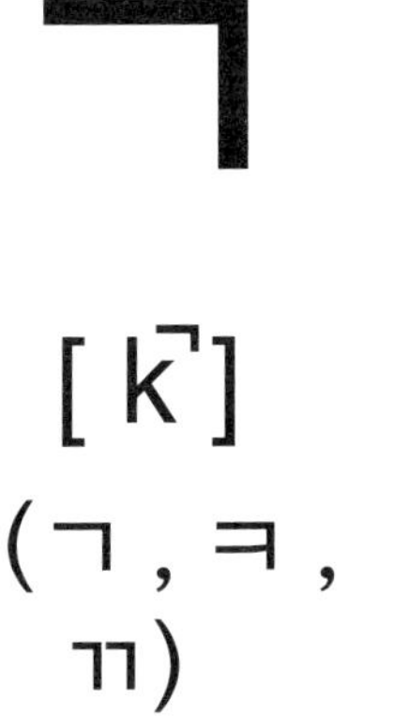

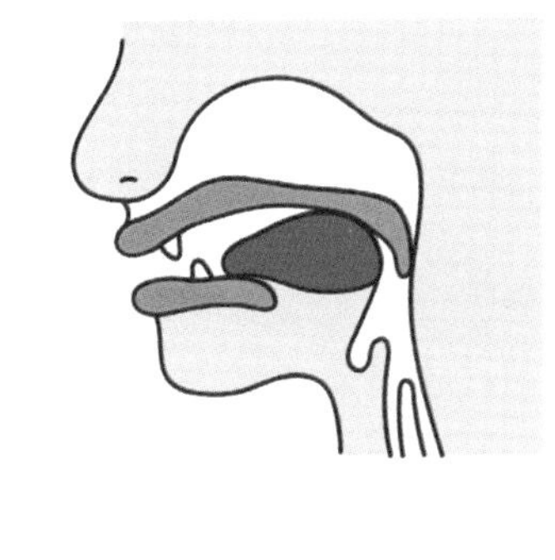

- 發音時，須將後舌（舌頭後方）碰在軟顎的位置並且不可將後舌移開軟顎。

（1）先透過首音子音來抓到發音的位置，之後再練習尾音子音。 🎧 60

아가／악	이기／익
어거／억	으그／윽
오고／옥	애개／액
우구／욱	

（2）利用後方的首音子音來感受相同的發音位置。 🎧 61

악／가	익／기
억／거	윽／그
옥／고	액／개
욱／구	

單字練習 62

악귀	名	惡鬼	닦다	動	擦拭
수록	名	收錄	독특	名	獨特
기억	名	記憶	섹시하다	形	性感的

✓ 齒齦流音

[l]

將舌尖觸碰齒齦，使氣流從舌頭兩側通過

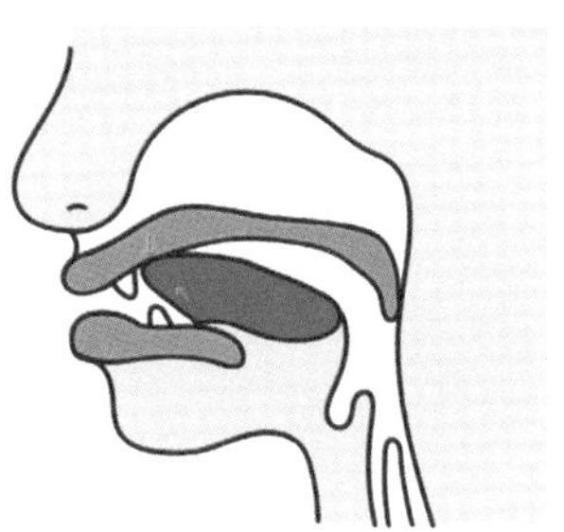

- 發音時，須將舌尖（舌頭前端）碰在齒齦的位置，在舌頭兩旁留下氣流通過的空間，並且不可將舌尖移開齒齦。

利用後方的首音子音來感受相同的發音位置。 63

알라 얼러 올로 울루 일리 을르 앨래

單字練習 64

롤 플레이어	名	LOL player	얼굴	名	臉
열리다	動	被開	날리다	動	放飛
우울	名	憂鬱	올리다	動	提高
이월	名	二月	달리다	動	跑
갈리다	動	被分開	굴다	動	糾纏

易混淆發音

／원, 완／

許多臺灣學習者會分不清楚／원, 완／的發音，會容易混淆這組發音是很正常的現象，這是由於臺灣華語有類似／완／的發音／ㄨㄢ／存在。

要注意／완／的發音有開口比較大的／ㅏ／，而／원／中的／ㅓ／的開口比較小，在唸／원／的時候要注意自己的嘴型不能開太大。

知道更多1

我可能會犯的／ㄹ／尾音發音錯誤

與／ㄹ／的首音子音不同，／ㄹ／在尾音時發音就是／ㄌ／。但由於臺灣華語／ㄌ／不能出現在尾音的位置，臺灣學習者可能因此產生發音上的困難，臺灣學習者常常將／ㄌ／尾音發成臺灣華語的／ㄜ／、／ㄧ／的發音，或是直接去掉／ㄹ／尾音來發音。（양서유，2020）

在練習／ㄹ／尾音的發音時，在發完／ㄹ／尾音之後，可以先暫停一下發音的動作，感受看看自己的舌尖是否頂著齒齦的位置，再接著試看看吸一口氣，看看舌頭的兩旁有沒有涼涼的感覺，如果有的話就是正確的發音。

知道更多2

／ㄹ／尾音＝／ㄦ／？

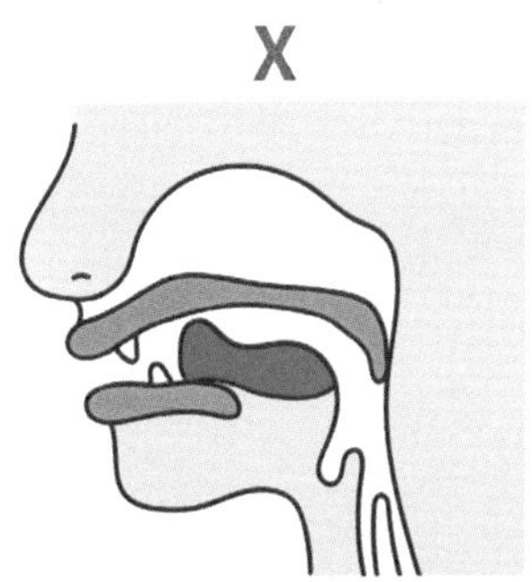

有些學習者可能會以為這個尾音／ㄹ／的發音是捲舌音／ㄦ／，但並非如此。／ㄦ／發音時會將舌頭放至中央的位置，同時舌尖向上捲起發出 [ɚ]，可是／ㄹ／只會將舌尖頂在齒齦處。

雙尾音子音

如前所述，雙尾音子音只能發左邊或右邊其中一個尾音。

✓ **固定**發某一邊的雙尾音子音 65

發左邊	ㄳ [ㄱ]：넋[넉]	名	靈魂、精神
	ㄵ [ㄴ]：앉[안]다	動	坐
	ㄶ [ㄴ]：많[만]다	形	多的
	ㄽ [ㄹ]：외곬[골]	名	單行道；（思考方式）一直線
	ㄾ [ㄹ]：핥[할]다	動	舔
	ㅀ [ㄹ]：잃[일]다	動	失去
	ㅄ [ㅂ]：값[갑]	名	價格
發右邊	ㄻ [ㅁ]：삶[삼]다	動	（用水）煮
	ㄿ [ㅂ]：읊[읍]다	動	吟詠

✓ **不固定**發某一邊的雙尾音子音 66

- ㄺ [ㄹ]：後面接／ㄱ／開頭的語尾時

  긁고 [글꼬]　긁게[글께] 動 抓、搔

  읽고 [일꼬]　읽게[일께] 動 閱讀

- ㄺ [ㄱ]：其他情況時

  닭[닥] 名 雞　닭고기 [닥꼬기] 名 雞肉

  긁[극]다 動 抓；搔

  읽[익]다 動 閱讀

- ㄼ[ㄹ]：一般情況

여덟[여덜]

넓다[널따]　넓고[널꼬]　넓지[널찌] 形 寬廣的

- ㄼ[ㅂ]：'밟-'在子音前時，以及'넓-'在以下情況時

밟다[밥따]　밟고[밥꼬]　밟지[밥지]

넓죽하다[넙쭈카다]　넓둥글다[넙뚱글다]

知道更多

其實雙尾音在實際韓國人發音時，並不一定會固定發哪一邊，會因為居住區域的不同、接的語尾不同，而有所差異。下表藍色的部分為大多數韓國人的實際發音。(김선철，2006)

單字		[ㅂ]	[ㄹ]
밟다 動 踩	밟는다	[밥는다→밤는다]	[발는다→발른따]
	밟지	[밥지→밥찌]	[발찌]
	밟고	[밥고→밥꼬]	[발꼬]
짧다 形 短的	짧다	[짭다→짭따]	[짤따]
	짧지	[짭지→짭찌]	[짤찌]
	짧게	[짭게→짭께]	[짤께]

NOTE

第三章 發音規則

發音規則好難懂？
規則、例外通通看這篇

單元 01

連音規則 67

如果前一個字有尾音（除了／ㅇ、ㅎ／例外），且後面跟著以母音開始的字時，前一個字的尾音會移到下一個音節的首音發音。

한국어 [한구거]
옷을 입어 [오슬 이버]
여름에 [여르메]

注意：如果尾音是／ㅇ／，則不需要連音化；如果尾音是／ㅎ／，／ㅎ／則會脫落。

사랑을 믿어 [사랑을 미더]
좋아 [조아]
끊어요 [끄너요]

知道更多

在連音化的過程中，常常會遇到前一個字的尾音移到下一個字的首音之後，發音卻變得不一樣的情況，例如：첫인상不是發成 [처신상]，而是 [처딘상]。

如果一個詞的「第一個字或詞有實質意思，但第二個字或詞沒有實質意思（例如：助詞「이／가」、連結語尾「－어서」、派生詞綴「－히－」等等）」的情況，前一個字的尾音就需要移到下一個字的首音。

겉으로（外觀上） → O [거트로]／X [거드로]
끝에서（在最後） → O [끄테서]／X [끄데서]

但如果是「有實質意思」的兩個字或詞結合時，則前一個字的尾音會先變成／ㄱ˺、ㄷ˺、ㅂ˺／後，才移到下一個字的首音。

겉옷（外套）＝겉（外面）＋옷（衣服）

O [걷] + [옫] = [거돋]

X [거톧]

첫인상（第一印象）＝첫（第一）＋인상（印象）

O [첟] + [인상] = [처딘상]

X [처신상]

按照這個原理，／맛없다／的發音是 [마덥따]、／멋없다／的發音是 [머덥따]。

맛없다（不好吃）＝맛（味道）＋없다（沒有）

O [맏] + [업따] = [마덥따]

X [마섭따]

멋없다（不帥）＝멋（帥氣）＋없다（沒有）

O [먿] + [업따] = [머덥따]

X [머섭따]

那麼，同樣的道理，／맛있다／應該發成 [마딛따]，／멋있다／應該發成 [머딛따]，然而，因為大多數的韓國人會發成 [마싣따] 與 [머싣따]，韓國國立國語院在制定標準發音法時，便將 ／맛있다 [마딛따／마싣따] ／及／멋있다 [머딛따／머싣따] ／一起列為標準發音：

맛있다（好吃）＝맛（味道）＋있다（有）

O [맏] + [읻따] = [마딛따]

O [마싣따]

멋있다（帥）＝멋（帥氣）＋있다（有）

O [먿] + [읻따] = [머딛따]

O [머싣따]

單元 02

硬音化

2.1. 尾音／ㄱ˺、ㄷ˺、ㅂ˺／後硬音化：尾音／ㄱ˺、ㄷ˺、ㅂ˺／＋首音平音 68

韓語中，不管是在詞的內部、詞與詞結合、詞與助詞或語尾結合的情況，只要尾音／ㄱ˺、ㄷ˺、ㅂ˺／後面（下一個字的首音位置上）出現平音／ㄱ、ㄷ、ㅂ、ㅅ、ㅈ／，後方的平音就會變成硬音／ㄲ、ㄸ、ㅃ、ㅆ、ㅉ／。

／ㄱ˺、ㄷ˺、ㅂ˺／＋／ㄱ、ㄷ、ㅂ、ㅅ、ㅈ／
→／ㄱ˺、ㄷ˺、ㅂ˺／＋／ㄲ、ㄸ、ㅃ、ㅆ、ㅉ／

#詞的內部：

학교（學校） [학꾜]
국밥（湯飯） [국빱]
박사（博士） [박싸]
각자（各自） [각짜]
밥그릇（飯碗） [밥끄륻]
앞다리（前腿） [압따리]
맛보다（嚐味道） [맏뽀다]
낯가림（認生） [낟까림]

#詞與詞、或詞與其他助詞、語尾等結合：

먹 -（吃）＋ - 자마자（一…就…）＝먹자마자（一吃） [먹짜마자]

입 -（穿）＋ - 고＝입고（穿） [입꼬]

밥（飯）＋도（也）＝밥도（飯也） [밥또]

붓 -（倒）＋ - 고＝붓고（倒） [붇꼬]

잊 -（忘）＋ - 지（吧）＝잊지（忘了吧） [읻찌]

2.2. 冠型型語尾 {- 을 } 後硬音化：冠型型語尾 {- 을 } ＋首音平音 69

如果冠型型語尾「- 을」後遇到「第一個字首音是平音」的詞時，後方的平音／ㄱ、ㄷ、ㅂ、ㅅ、ㅈ／會變成硬音／ㄲ、ㄸ、ㅃ、ㅆ、ㅉ／：

{- 을 } ＋／ㄱ、ㄷ、ㅂ、ㅅ、ㅈ／
→ {- 을 } ＋／ㄲ、ㄸ、ㅃ、ㅆ、ㅉ／

내가 / 갈 곳이 / 없다 .（我無處可去。）
[갈 꼬시]

그 사람이 / 그럴 줄 / 몰랐어요 .（我不知道那個人會這樣。）
[그럴 쭐]

아마 / 그럴 거야 .（大概會那樣。）
[그럴 꺼야]

갈 데가 / 없다 .（無處可去。）
[갈 떼가]

2.3. 漢字語中，尾音／ㄹ／後硬音化：／ㄹ／＋／ㄷ、ㅅ、ㅈ／ 70

由漢字組合而成的詞稱作「漢字語」。在兩個字的漢字語裡，如果前一個字的尾音是／ㄹ／，而後一個字的首音是平音／ㄷ、ㅅ、ㅈ／時，／ㄷ、ㅅ、ㅈ／會變成硬音／ㄸ、ㅆ、ㅉ／：

漢字語 ／ㄹ／＋／ㄷ、ㅅ、ㅈ／→／ㄹ／ ＋／ㄸ、ㅆ、ㅉ／

활동（活動） [활똥]
별도（別途） [별또]
멸실（滅失） [멸씰]

발사(發射) [발싸]
발전(發展) [발쩐]
발제(發題) [발쩨]
불성실(不誠實) [불썽실]
예술사(藝術史) [예술싸]
실질적(實質的) [실찔쩍]

注意：不是每個三字漢字語都需要硬音化，其中有一些例外：

골조직(骨組織) [골조직]

발달**사**(發達史) [발딸**사**]

相反地，如果漢字語的前一個字的尾音是／ㄹ／，但後一個字的首音不是／ㄷ、ㅅ、ㅈ／，後方的平音就不需要變成硬音。

활발(活潑) [활발]
출발(出發) [출발]
멸균(滅菌) [멸균]
결과(結果) [결과]
별개(別個) [별개]

單元 03

氣音化

尾音／ㄱ˺、ㄷ˺、ㅂ˺／＋首音／ㅎ／或／ㅎ／＋首音／ㄱ、ㄷ、ㅂ、ㅈ、ㅅ／ 71

當尾音／ㄱ˺、ㄷ˺、ㅂ˺／後遇到／ㅎ／，或是尾音／ㅎ／後遇到平音／ㄱ、ㄷ、ㅂ、ㅈ、ㅅ／時，尾音／ㄱ˺、ㄷ˺、ㅂ˺／會和／ㅎ／、／ㅎ／會和平音／ㄱ、ㄷ、ㅂ、ㅈ、ㅅ／合在一起變成激音（或硬音）／ㅋ、ㅌ、ㅍ、ㅊ、（ㅆ）／：

／ㄱ˺、ㄷ˺、ㅂ˺／＋／ㅎ／→X＋／ㅋ、ㅌ、ㅍ／

사각형（四角形）[사가켱]

맏형（大哥）[마텽]

법학（法學）[버팍]

못하다（不會）[모타다]

앉히다（使坐下）[안치다]

／ㅎ／＋／ㄱ、ㄷ、ㅂ、ㅈ／→X＋／ㅋ、ㅌ、ㅍ、ㅊ／

놓고（放）[노코]

놓다（放）[노타]

놓지（放著吧）[노치]

잃고（忘）[일코]

잃다（忘）[일타]

잃지（忘了吧）[일치]

注意：摩擦音／ㅅ、ㅆ／序列中缺少激音，因此當／ㅎ／跟／ㅅ／相遇時，／ㅎ／會和／ㅅ／合在一起，變成硬音／ㅆ／。

／ㅎ／＋／ㅅ／→X＋／ㅆ／

좋습니다（好） [조씀니다]

끓습니다（煮） [끌씀니다]

끊사오니（切斷） [끈싸오니]

앓습니까（病了） [알씀니까]

單元 04

鼻音化

4.1. 尾音／ㄱˀ、ㄷˀ、ㅂˀ／的鼻音化：尾音／ㄱˀ、ㄷˀ、ㅂˀ／+首音／ㅁ、ㄴ、ㄹ／ 72

當尾音／ㄱˀ、ㄷˀ、ㅂˀ／後出現／ㅁ、ㄴ、ㄹ／的情況，／ㄱˀ、ㄷˀ、ㅂˀ／會受到後方／ㅁ、ㄴ、ㄹ／的濁音性質影響，進而同化變成濁音（鼻音）。

／ㅂˀ／+／ㅁ、ㄴ、ㄹ／→／ㅁ／+／ㅁ、ㄴ、ㄹ／

법문（法條） [범문]

앞마을（前村） [압마을→암마을]

없는（沒有的） [업는→엄는]

／ㄷˀ／+／ㅁ、ㄴ、ㄹ／→／ㄴ／+／ㅁ、ㄴ、ㄹ／

이튿날（第二天） [이튼날]

꽃말（花語） [꼳말→꼰말]

갔는데（去了） [갇는데→간는데]

찾니（找嗎） [찯니→찬니]

／ㄱˀ／+／ㅁ、ㄴ、ㄹ／→／ㅇ／+／ㅁ、ㄴ、ㄹ／

국물（湯） [궁물]

부엌문（廚房門） [부억문→부엉문]

흙만（只有土） [흑만→흥만]

낚는（釣的） [낙는→낭는]

학문（學問） [항문]

4.2. 流音的鼻音化 (1)：尾音／ㅁ、ㅇ／＋首音／ㄹ／ 73

不論是固有語、漢字語或是外來語，只要尾音／ㅁ、ㅇ／後面遇到流音／ㄹ／，流音／ㄹ／會變成鼻音／ㄴ／。

／ㅁ、ㅇ／＋／ㄹ／→／ㅁ、ㅇ／＋／ㄴ／

금리（利息） [금니]

장르（類型） [장느]

홈런（home run） [홈넌]

금로비（金大廳） [금노비]

4.3. 流音的鼻音化 (2)：尾音／ㄴ／＋首音／ㄹ／ 74

在韓語裡，鼻音／ㄴ／與流音／ㄹ／（不論是／ㄴ／＋／ㄹ／或是／ㄹ／＋／ㄴ／）不能連續出現，遇到尾音／ㄴ／後緊接著／ㄹ／的情況時，首先以／ㄴ／與／ㄹ／中間為界，把一個詞分成前半部跟後半部後，如果前、後半部其中之一、或是兩者都可以單獨存在的話，後方的／ㄹ／就會鼻音化變成／ㄴ／。

／ㄴ／＋／ㄹ／→／ㄴ／＋／ㄴ／

판단력（判斷力） ＝／판단＋력／：판단可以單獨存在，但력不行
＝／ㄹ／變成／ㄴ／＝ [판단녁]

횡단로（馬路線） ＝／횡단＋로／：횡단可以單獨存在，但로不行
＝／ㄹ／變成／ㄴ／＝ [횡단노]

생산량 (生產量) ＝／생산＋량／：생산可以單獨存在，但량不行
＝／ㄹ／變成／ㄴ／＝ [생산냥]

單元 05

流音化

5.1. 鼻音的流音化 (1)：尾音／ㄴ／＋首音／ㄹ／ 75

同樣的道理，遇到尾音／ㄴ／後緊接著／ㄹ／的情況時，先以／ㄴ／跟／ㄹ／中間為界，把詞分成前半部跟後半部後……，咦？卻發現前半部跟後半部都無法單獨存在！如果是這一種情況，前方的／ㄴ／就會流音化後變成／ㄹ／。

／ㄴ／＋／ㄹ／→／ㄹ／＋／ㄹ／

난로（暖爐） ＝／난＋로／：「난」跟「로」都不可以單獨存在
＝／ㄴ／變成／ㄹ／＝ [날로]

분리（分離） ＝／분＋리／：「분」跟「리」都不可以單獨存在
＝／ㄴ／變成／ㄹ／＝ [불리]

연락（聯絡） ＝／연＋락／：「연」跟「락」都不可以單獨存在
＝／ㄴ／變成／ㄹ／＝ [열락]

편리（便利） ＝／편＋리／：「편」跟「리」都不可以單獨存在
＝／ㄴ／變成／ㄹ／＝ [펼리]

권력（權力） ＝／권＋력／：「권」跟「력」都不可以單獨存在
＝／ㄴ／變成／ㄹ／＝ [궐력]

한라산（漢拏山） ＝／한＋라산／：「한」跟「라산」都不可以單獨存在
＝／ㄴ／變成／ㄹ／＝ [할라산]

근로자 (勞動者)　=／근+로자／：「근」跟「로자」都不可以單獨存在
=／ㄴ／變成／ㄹ／=[글로자]

전라도 (全羅道)　=／전+라도／：「전」跟「라도」都不可以單獨存在
=／ㄴ／變成／ㄹ／=[절라도]

5.2. 鼻音的流音化 (2)：尾音／ㄹ／+首音／ㄴ／ 76

無論是固有語、漢字語、外來語，只要一個詞內部、或是詞與語尾結合後，出現尾音／ㄹ／後緊跟著／ㄴ／的情況，後方的／ㄴ／幾乎無條件會變成／ㄹ／。

／ㄹ／+／ㄴ／→／ㄹ／+／ㄹ／

달나라 (月宮)　[달라라]

달님 (月娘)　[달림]

물놀이 (戲水)　[물로리]

설날 (春節)　[설랄]

찰나 (剎那)　[찰라]

질녀 (姪女)　[질려]

올나이트 (all-night)　[올라이트]

잘나서 (了不起)　[잘라서]

열났어 (發火、發燒)　[열라써]

닳는데 (磨損)　[달른데]

잃느냐 (遺失了嗎)　[일르냐]

知道更多1

外來語裡的／ㄴ／+／ㄹ／ 77

一般來說，外來語都會被看成作為不能拆開的「單一詞」，因此，如果在外來語裡發現／ㄴ／+／ㄹ／的情況，不論是發音成 [ㄹ+ㄹ]，還是 [ㄴ+ㄴ] 都可以（只有某些特定的詞，韓國人會特別偏好其中一種發音，但這一類的單字數量少，可以不用太在意）：

온리（only） [온니]／[올리]

헨리（Henry） [헨니]／[헬리]

온라인（online） [온나인]／[올라인]

원룸（oneroom、套房） [원눔]／[월룸]

아웃렛（outlet） X [아운렌→아운렌→아운넨]／[아욷렌→아운렌→아울렌]

知道更多2

子音強度及語音組合法 78

部分韓語音韻論學者會從「子音強度」及「語音組合法」的角度，探討鼻音化、流音化等等的「發音方法同化現象」。首先，學者們認為韓語子音強度為：阻音（／ㅂ、ㄷ、ㄱ／）＞鼻音＞流音，如同下方圖表：

發音位置 ＼ 發音方法	唇音	齒齦音	軟顎音
阻音 (3)	ㅂ	ㄷ	ㄱ
鼻音 (2)	ㅁ	ㄴ	ㅇ
流音 (1)		ㄹ	

#數字越大，強度越大。

同時，韓語的語音組合法中，「後方子音不能比前方子音弱」，換句話說：「前方子音 ≤ 後方子音」。如果違反這一規則的話，「發音方法同化現象」就會發生。

所謂的「發音方法同化現象」是指相鄰的兩個子音中，其中一個子音的發音方法變得跟另一個子音的發音方法一樣。一般來說，韓語裡的發音方法同化現象大部分都是後方子音影響前方子音，使前方子音降等的「逆向同化」，此時，前方的子音在同一個發音位置上降等變成其他子音。

#尾音／ㄱ˺、ㄷ˺、ㅂ˺／的鼻音化：
尾音／ㄱ˺、ㄷ˺、ㅂ˺／＋首音／ㅁ、ㄴ、ㄹ／

국물（湯汁）：／ㄱ／（3）＞／ㅁ／（2）→違反規則
→／ㄱ／（3）降等為／ㅇ／（2）
＝[궁물]

#鼻音的流音化 (1)：尾音／ㄴ／＋首音／ㄹ／

난로（暖爐）：／ㄴ／（2）＞／ㄹ／（1）→違反規則
→／ㄴ／（2）降等為／ㄹ／（1）
＝[날로]

萬一出現前方子音無法再降等的情況，不得已只好讓後方子音破例升等了——此時，就會變成前方子音影響後方子音的「順向同化」現象。

#流音的鼻音化 (1)：尾音／ㅁ、ㅇ／＋首音／ㄹ／

금리（利息）：／ㅁ／（2）＞／ㄹ／（1）→違反規則
→／ㅁ／（2）無法再降等
→／ㄹ／（1）升等為／ㄴ／（2）
＝[금니]

장르（類型）：／ㅇ／（2）＞／ㄹ／（1）→違反規則
→／ㅇ／（2）無法再降等
→／ㄹ／（1）升等為／ㄴ／（2）
＝[장느]

注意：這一說法雖然適用於「尾音／ㄱ˺、ㄷ˺、ㅂ˺／的鼻音化」、「鼻音的流音化 (1)」及「流音的鼻音化 (1)」等規則，但無法解釋「鼻音的流音化(2)」及「流音的鼻音化(2)」現象。

#鼻音的流音化 (2)：尾音／ㄹ／＋首音／ㄴ／

달나라（月宮）：／ㄹ／（1）＜／ㄴ／（2）→合乎規則
→但／ㄴ／（2）卻降等為／ㄹ／（1）
＝[달라라]

#流音的鼻音化 (2)：尾音／ㄴ／＋首音／ㄹ／

판단력（判斷力）：／ㄴ／（2）＞／ㄹ／（1）→違反規則
→／ㄴ／（2）不降等
→／ㄹ／（1）卻升等為／ㄴ／（2）
＝[판단녁]

這其實是因為學者認為鼻音的流音化 (2) 不是音韻論上的發音規則，而是人們為了方便發音，自然產生的現象；流音的鼻音化 (2) 則因牽涉到造詞學的問題，不能單純將它列入音韻論內討論（허용，2004）。

單元4、5總整理

	連續出現的順序	條件	結果
尾音／ㄱ˺、ㄷ˺、ㅂ˺／的鼻音化	ㄱ˺、ㄷ˺、ㅂ˺＋ㅁ、ㄴ、ㄹ	無條件	ㅁ、ㄴ、ㅇ＋ㅁ、ㄴ、ㄹ
流音的鼻音化 (1)	ㅁ、ㅇ＋ㄹ	無條件	ㅁ、ㅇ＋ㄴ
流音的鼻音化 (2)	ㄴ＋ㄹ	前半部及後半部都無法獨立存在時	ㄹ＋ㄹ
鼻音的流音化 (2)		前半部或後半部其中一個或兩者都可以獨立存在時	ㄴ＋ㄴ
鼻音的流音化 (1)	ㄹ＋ㄴ	無條件	ㄹ＋ㄹ

口蓋音化 79

尾音是／ㄷ／或／ㅌ／的字後面，如果跟著以單母音／ㅣ／開始的助詞、語尾或詞綴等，／ㄷ、ㅌ／會受到／ㅣ／的影響，變成齦齶音／ㅈ、ㅊ／。

知道更多 這是因為發／ㅣ／的音時，舌頭會上升到硬顎的位置，因此，當齒齦音／ㄷ、ㅌ／與／ㅣ／接續出現的時候，齒齦音的發音位置會稍微往硬顎的位置靠近，最後就變成齦齶音／ㅈ、ㅊ／。

／ㄷ、ㅌ／＋／ㅣ／→／ㅈ、ㅊ／＋／ㅣ／

끝이 없다（沒完沒了） [끄치 업따]

끝이다（結束） [끄치다]

같이（一起） [가치]

굳이（硬要、執意） [구지]

해돋이（日出） [해도지]

철희네 밭이랑 [바치랑 : 田地 + 和] 소희네 밭이랑 [바치랑] 모두 피해를 입었다 .

（哲熙家的田跟素熙家的田都受到損害。）

注意：如果不是與助詞、語尾或詞綴語尾結合的情況，則不會發生口蓋音化現象。

밭이랑（地壟） [반니랑]

頭音法則 80

除了外來語以外，固有語及漢字語裡，／ㄹ／及／니、냐、녀、뇨、뉴、녜、냬／都不會出現在第一個字的首音位置。如果／ㄹ／出現在第一個字的首音位置，／ㄹ／就會寫成／ㄴ／；如果／니、냐、녀、뇨、뉴、녜、냬／出現在第一個字的首音位置，／니、냐、녀、뇨、뉴／的／ㄴ／就會脫落，最後就會留下／이、야、여、요、유、예、얘／。

1. ／ㄹ／不會出現在第一個字的首音位置

如果／ㄹ／出現在第一個字的首音位置：／ㄹ／→／ㄴ／

래년（來年）→내년

락원（樂園）→낙원 [나권]

로동（勞動）→노동

如果／ㄹ／不是出現在第一個字的首音位置：

도래（到來）

쾌락（快樂）

과로（過勞）

#2. ／니、냐、녀、뇨、뉴／都不會出現在單詞開頭的首音位置

如果／니、냐、녀、뇨、뉴、녜、냬／出現在第一個字的首音位置：／ㄴ／脫落

녀자（女子）→여자

년령（年齡）→연령 [열령]

닉명(匿名)→익명 [잉명]

如果／니、냐、녀、뇨、뉴、녜、냬／不是出現在第一個字的首音位置：

자녀(子女)

소년(少年)

知道更多

那麼「流行」、「例示」、「理解」這些詞又是怎麼從「류행、례시、리해」變成「유행、예시、이해」的呢？答案是先經過頭音法則＃1，把「流（류）」、「例（례）」、「理（리）」的／ㄹ／轉變成／ㄴ／後，再經過頭音法則＃2，使／ㄴ／脫落。

81

류행（流行）→뉴행→유행

례시（例示）→녜시→예시

리해（理解）→니해→이해

單元 08

／ㄷ／添加 82

一般來說，當兩個字結合成為一個從屬合成詞時，兩個字之間就會需要添加／ㅅ [ㄷˋ] ／：如果前一個字沒有尾音，則會在前一個字的尾音位置上多寫／ㅅ／；如果前一個字有尾音的話，則不需要。

術語解釋

合成詞：兩個可以單獨存在的字／詞結合而成的詞。

從屬合成詞：兩個字之間的語意關係不對等；例如：「돌다리（石橋）」裡的「돌（石頭）」用來描述「다리（橋）」，也就是說「다리（橋）」是主角，「돌（石頭）」只是凸顯主角的配角。

#前一個字沒有尾音：多寫出／ㅅ／

鼻水：코＋ㅅ＋물＝콧물 [콛물－콘물]

船頭：배＋ㅅ＋머리＝뱃머리 [밷머리－밴머리]

長輩：아래＋ㅅ＋사람＝아랫사람 [아랟싸람]

#前一個字有尾音的話：不用寫出／ㅅ／（但是要記得／ㅅ [ㄷˋ] ／實際上有出現）

春雨：봄＋（ㅅ）＋비 ＝ 봄（＋ㄷˋ）비＝봄비 [봄삐]

魚：물＋（ㅅ）＋고기 ＝ 물（＋ㄷˋ）고기＝물고기 [물꼬기]

麵粉：밀＋（ㅅ）＋가루 ＝ 밀（＋ㄷˋ）가루＝밀가루 [밀까루]

那麼，所有從屬複合詞都會需要添加／ㄷ／嗎？其實不是，例外非常多，但可以大概整理出「幾乎百分之百需要添加／ㄷ／（無例外）」、「大致上會添加／ㄷ／（有例外）」與「幾乎不會添加／ㄷ／（有例外）」等等三種情況。

#幾乎百分之百需要添加／ㄷ／（無例外）

1. 第一個字是「뒤、아래、위」時

뒤（後）：

뒷담화（背後說閒話） [뒫땀화／뒫따뫄]

뒷말（背後說閒話） [뒨말]

뒷맛（餘味） [뒨맏]

……

아래（下）：

아랫것（下人） [아랟껃]

아랫사람（晚輩） [아랟싸람]

아랫집（下家鄰居） [아랟찝]

……

위（上）：

윗다리（上肢） [윋따리]

윗사람（長輩） [윋싸람]

윗자리（上座、高處的座位） [윋짜리]

……

2. 第二個字是「가（가장자리）、게、감、값、거리、국、길、발、살」時

가（邊）：

바닷가（海邊） [바닫까]

강가（江邊） [강까]

눈가（眼角） [눈까]

……

가게（店）：

만홧가게（漫畫店） [만홛까게]

쌀가게（米店） [쌀까게]

……

감（人才、人選）：

신붓감（新娘人選） [신붇깜]

남편감（丈夫人選） [남편깜]

장군감（將軍人選） [장군깜]

……

값（價錢）：

담뱃값（菸價） [담밷깝]

나잇값（合乎年齡的言行） [나읻깝]

평균값（平均值） [평균깝]

……

거리 (東西) ：

나물거리 (做素菜的材料) [나물꺼리]

바느질거리 (縫紉的材料) [바느질꺼리]

아침거리 (做早餐的材料) [아침꺼리]

……

국 (湯) ：

고깃국 (肉湯) [고긷꾹]

만둣국 (水餃湯) [만둗꾹]

해장국 (解酒湯) [해장꾹]

……

길 (路) ：

가르맛길 (叉路) [가르맏낄]

눈길 (視線) [눈낄]

얼음길 (冰道) [어름낄]

……

발 (條) ：

빗발 (雨絲) [빋빨]

국숫발 (麵條) [국숟빨]

면발 (麵條) [면빨]

……

살(扇子骨架、光線、紋路)：

부챗살(扇子的骨架) [부챈쌀]

햇살(太陽光線) [핸쌀]

빛살(光線) [빋쌀]

주름살(皺紋) [주름쌀]

……

從屬合成詞形成時，根據兩個字之間「關係」，可以分成「經常發生／ㄷ／添加的情況」，與「幾乎不會發生／ㄷ／添加的情況」。

＃大致上會添加／ㄷ／（有例外）

1. 時間：

春天的雨：봄비(春雨) [봄삐]

冬天的風：겨울바람(冬風) [겨울빠람]

早上的飯：아침밥(早餐) [아침빱]

……

例外 봄소식 [봄소식]、가을고치 [가을고치]、동지죽 [동지죽] ……

2. 場所：

海裡的水：바닷물(海水) [바단물]

水裡的肉：물고기(魚) [물꼬기]

淡水裡的貝類：민물조개 [민물쪼개]

村裡的人：촌사람 [촌싸람]

山裡的鬼怪：산도깨비 [산또깨비]

……

例外 들국화、물뱀、코감기 ……

3. 用途：

用來抓魚的船：고깃배 [고긷빼]

用來刷牙的水：양칫물 [양친물]

用來裝蜂蜜的罐子：꿀단지 [꿀딴지]

用來喝酒的杯子：술잔 [술짠]

用來睡覺的地方：잠자리 [잠짜리]

……

例外 구두약、노래방、빨래방 ……

4. 起源、所有主（事物）：

秋季中的日子：가윗날（中秋） [가윈날]

從鼻子流出來的水：콧물（鼻水） [콘물]

樹木的分枝：나뭇가지（樹枝） [나묻까지]

眼睛的瞳孔：눈동자（瞳孔） [눈똥자]

……

例外 장미색、콩기름 ……

5. 單位：

碗＋飯：공깃밥（飯） [공긷빱]

捆＋錢：뭉칫돈(一大筆錢) [뭉칟똔]

分＋錢：푼돈(少量的錢) [푼똔]

瓶＋酒：병술(瓶裝酒) [병쑬]

……

#幾乎不會添加／ㄷ／（有例外）

1. 模樣：

辣椒色的蜻蜓：고추잠자리(紅蜻蜓) [고추잠자리]

半狀的月亮：반달(半月) [반달]

絲狀的雨：이슬비(毛毛雨) [이슬비]

海的顏色：바다색 [바다색]

……

例外 바윗돌 [바윋똘]、하늘색 [하늘쌕] ……

2. 材料：

金做的戒指：금가락지 [금가락찌]

橡子做的涼粉：도토리묵 [도토리묵]

水做的泡沫：물거품 [물거품]

麵粉做的麵條：밀국수 [밀국쑤]

……

例外 눈사람 [눈싸람]、물방울 [물빵울]、얼음집 [어름찝] ……

3. 手段、方法：

用水的嬉鬧：물장난 [물장난]

用火烤的肉：불고기 [불고기]

用刀切的麵條：칼국수 [칼국쑤]

……

例外 눈칫밥 [눈칟빱]、동냥밥 [동냥빱] ……

4. 起源、所有主（人、動物）：

螃蟹的肉：게살 [게살]

螃蟹的步伐：게걸음 [게거름]

豬的肉：돼지고기 [돼지고기]

……

例外 벌집 [벌찝]、부잣집 [부잗찝] ……

單元 09

／ㄴ／添加 83

在合成詞或派生詞形成的過程裡，如果遇到前一個字有尾音，且後一個字無首音且母音是／이、야、여、요、유／的情況，這兩個字之間經常會多加一個／ㄴ／（這個／ㄴ／不會寫出來）。

術語解釋

派生詞：一個有實質意思的字／詞加上不能單獨存在的「詞綴」後形成的詞；例如：「반사회주의（反社會主義）」就是由詞綴「반-（反）」加上「사회주의（社會主義）」後形成的詞。

#合成詞

약（藥）：

두통약（頭痛藥） [두통＋ㄴ＋약→두통냑]

소독약（消毒藥） [소독＋ㄴ＋약→소독냑→소동냑]

기침약（咳嗽藥） [기침＋ㄴ＋약→기침냑]

……

역（站）：

부산역（釜山站） [부산＋ㄴ＋역→부산녁]

서울역（首爾站） [서울＋ㄴ＋역→서울녁→서울력]

……

요리 (料理) ：

중국요리 (中國料理) [중국 + ㄴ + 요리→중국뇨리→중궁뇨리]

일본요리 (日本料理) [일본 + ㄴ + 요리→일본뇨리]

……

잎 (葉、瓣) ：

꽃잎 (花瓣) [꽃 + ㄴ + 잎→꼰닙]

깻잎 (芝麻葉、紫蘇葉) ＝깨＋ㄷ＋잎＝ [깻＋ㄴ＋잎→깯닙→깬닙]

나뭇잎 (樹葉) ＝나무 + ㄷ + 잎＝ [나뭇 + ㄴ + 잎→나묻닙→나문닙]

마늘잎 (大蒜葉) [마늘 + ㄴ + 잎→마늘닙→마늘립]

……

補充 「깻잎」、「나뭇잎」中，會先添加／ㄷ／後，再添加／ㄴ／。

엿 (麥芽糖) ：

물엿 (水飴) [물 + ㄴ + 엿→물녇→물렫]

콩엿 (加入炒過的豆類的麥芽糖) [콩 + ㄴ + 엿→콩녇]

……

#派生詞

헛 -（假）

헛열매（假果）[헛－ + ㄴ + 열매→헏녈매→헌녈매]

헛이름（假名）[헛－ + ㄴ + 이름→헏니름→헌니름]

……

늦 -（晚）

늦여름（晚夏）[늦－ + ㄴ + 여름→는녀름→는녀름]

늦익다（晚熟）[늦－ + ㄴ + 익다→는닉따→는닉따]

……

- 용（用）

영업용（營業用）[영업 + ㄴ + －용→영업뇽→영엄뇽]

공업용（工業用）[공업 + ㄴ + －용→공업뇽→공엄뇽]

……

- 유（油）

식용유（食用油）[식용 + ㄴ + －유→시공뉴]

휘발유（汽油）[휘발 + ㄴ + －유→휘발뉴→휘발류]

……

#跟「요」連接的時候，也經常發生／ㄴ／添加現象。

그럼요 [그럼 + ㄴ + 요→그럼뇨]

사람은요 [사람은 + ㄴ + 요→사라믄뇨]

제발요 [제발 + ㄴ + 요→제발뇨→제발료]

知道更多

／ㄴ／添加現象不只會發生在詞內部，也會在詞跟詞之間發生。 84

하는 일 [하는 + ㄴ + 일→하는닐]

손쉬운 요리 [손쉬운 + ㄴ + 요리→손쉬운뇨리]

먹을 약 [먹을 + ㄴ + 약→머글랴]

當然，不是所有「尾音＋／이、야、여、요、유／」之間都需要添加／ㄴ／，例外多到不勝枚舉、族繁不及備載，甚至每個韓國人對要不要添加／ㄴ／的認知都不同，很難整理出一套／ㄴ／添加規則——所以，當看到一個不確定要不要添加／ㄴ／的詞時，最好的辦法就是查字典！

單元 10

發音位置同化 85

發音位置同化現象是指兩個連續出現的音，其中一個音的發音位置轉變成另一個音的發音位置的現象。在韓語裡，發音位置同化現象通常是後方的音影響前方的音，使前方的音的發音位置改變。

注意：這一發音規則不是百分之百發生的現象，且在〈標準發音法：第 21 項〉也未將發音位置同化列為標準發音。

首先，根據發音位置，子音的影響力大小順序為：

齒齦音＜雙唇音＜軟齶音

如果前方子音的影響力小於後方子音的影響力，則前方子音的發音位置就會轉變成後方子音的發音位置。

#發音位置同化發生的情況：

齒齦音＋雙唇音：

신발 [신발／심발]

신문 [신문／심문]

齒齦音＋軟齶音：

한겨울 [한겨울／항겨울]

신경 [신경／싱경]

雙唇音＋軟齶音：

밥공기 [밥꽁기／박꽁기]

감기 [감기／강기]

#不會發生發音位置同化的情況：

雙唇音＋齒齦音：

밥도둑 [밥또둑／X받또둑]

밤낮 [밤낟／X반낟]

軟齶音＋齒齦音：

막달 [막딸／X맏딸]

복도 [복또／X볻또]

軟齶音＋雙唇音：

막말 [망말／X맘말]

공방 [공방／X곰방]

單元 11

母音與母音、鼻音或流音與母音間的／ㅎ／脫落 86

母音與母音中間、或是／ㅁ、ㄴ、ㅇ、ㄹ／和母音中間的／ㅎ／可以留下來發音，也可以脫落（即使／ㅎ／沒有脫落，也經常會弱化到人耳難以聽出來）。

注意：這一發音規則不是百分之百會發生的現象，且在〈標準發音法：第 12 項〉中也未將／ㅎ／脫落列為標準發音。

기하（幾何、旗下） [기하／기아]

의학（醫學） [의학／의악]

감히（膽敢） [감히／가미]

간혹（或者） [간혹／가녹]

공학（工學） [공학／공악]

잘하다（做得好） [잘하다／자라다]

第四章　韓語語調

同樣的句子，語調變了、
情境換了，含義自然大不同！

什麼是語調？什麼是聲調？

華語中的「聲調」大多是指「字調」，也就是每一個字的音高高低、升降，例如「星期（ㄒㄧㄥ ㄑㄧˊ）」這個詞裡，第一個字的音高是平平的高音，第二個字的音高是從低音上升到高音的上升調。在華語裡，聲調扮演非常重要角色，這是因為聲調具有區分語意的功能，例如：如果把「ㄒㄧㄥ ㄑㄧ」的第二個字唸作三聲，這個詞的意思就會變成「興起（ㄒㄧㄥ ㄑㄧˇ）」，這時它就能和「星期（ㄒㄧㄥ ㄑㄧˊ）」區分開來。

另一方面，「語調」則是指句子中一連串的音高變化組合。跟「聲調」不同，「語調」沒有分辨語意的功能，但可以用來傳達說話者的心情、態度，或是像陳述、疑問、命令等等的語氣，例如：陳述的「He saw you.」與疑問的「He saw you?」就會有不一樣的語調；陳述的「他不吃。」與疑問的「他不吃？」也會有不一樣的語調，但「吃」的聲調卻不會改變。

幾乎所有語言都有「語調」，但卻不是所有語言都有「聲調」。「標準韓國語」裡就沒有可以區分語意的「聲調」，但有傳達說話者心態或語氣的「語調」。

韓語的語調

根據說話者想要傳達的意思、使用的語彙、文法，甚至是說話方式等等，產生出的語調都會有所不同，很難說韓語語調中有百分之百必須遵守的規則。然而，許多研究都證明了韓語語調有一套「經常出現的模式」，如果能夠了解一套模式的運作方式，也許就能更近一步掌握韓語語調！本書會把韓語語調的運作模式分成「句中語調組」、「句尾語調組」及比較特殊的「句間語調組」一一說明。

저희는 또한 여러분의 행복한 삶을 마음속으로 응원합니다.

（我們也會在心中支持各位的幸福人生。）

單元 01

句中語調組

在韓語裡，通常會以一到六個字為一組來發音，根據字數的不同，音高的排列模式也會有所差異。本書將「根據字數不同而有不同音高模式」的單位稱為「句中語調組[2]」。

2 韓語韻律學（Prosody）中，稱之為「重音短句（Accentual Phrase）」。

● 斷句方法 87

韓語的句中語調組會跟斷句的位置有關，尤其是依照斷句的位置不同，不僅句中語調組的音高模式會不同，發音規則的適用範圍也會有所不同，有時還會影響整句話的意思！

마지막 사람들의 목소리는 아름다워요 .
（最後的人的聲音很優美。）

❶ 마지막 / 사람의 / 목소리는 / 아름다워요 .
[마지막] [사라메] [목쏘리는] [아름다워요]

❷ 마지막 사람의 / 목소리는 / 아름다워요 .
[마지막싸라메] [목쏘리는] [아름다워요]

那麼，到底唸韓語的句子時，要怎麼斷句呢？事實上，斷句的大原則跟「拆解」一個句子意思的方式相同：

第一步

按照主詞、受詞等句子成分來斷句。

第二步

完成第一步後，檢查有哪些斷句的字數太多（超過六個字），再根據「哪兩個成分之間的關係比較緊密」來斷句。

저희는 또한 여러분의 행복한 삶을 마음속으로 응원합니다 .

(我們也會在心中支持各位的幸福人生。)

以上面的句子為例，「저희는」是主詞，「여러분의 행복한 삶을」是受詞，「응원합니다」是整個句子的重心，而「마음속으로」則擔任修飾「응원합니다」的角色；「또한」則是用來修飾整個句子……第一步就是按照這些句子成分來斷句！

저희는 / 또한 / 여러분의 행복한 삶을 / 마음속으로 응원합니다 .

(我們也會在心中支持各位的幸福人生。)

完成第一步後，會發現有些區塊，或者說有些句中語調組明顯比較長（超過六個字），此時需要進到第二步：「여러분의 행복한 삶을」中，可以確定「행복한」與「삶」 彼此關係緊密（修飾與被修飾的關係），因此需要把兩者捆在一起，所以只好在「여러분의」跟「 행복한 삶을」之間斷句。

저희는 / 또한 / **여러분의** / **행복한 삶을** /
마음속으로 응원합니다 .

(我們也會在心中支持各位的幸福人生。)

「마음속으로」與「응원합니다」的關係雖然很緊密，但如果將它們捆在一起的話，會因爲字數過多而難以發音，所以會在這兩者之間再斷句一次。

저희는 / 또한 / 여러분의 / 행복한 삶을 /
마음속으로 / **응원합니다** .

(我們也會在心中支持各位的幸福人生。)

按照這兩個步驟，大部分的句子都能夠輕鬆斷句。當然，也有一些不容易判斷的斷句位置的情況。接下來會列舉幾個常見的情況，並提供一些判斷句中語調組斷句位置的小技巧！

情況一：名詞＋助詞 88

「名詞／代名詞／數詞＋助詞」這類的組合，彼此的關係非常緊密，一般來說，不會將它們拆開來唸，除非當說話者把焦點放在「名詞、代名詞、數詞」上時，或是「名詞、代名詞、數詞」本身的字數就太長時。

고등학교 / 부터
（從高中）

할아버지 / 께서는
（阿公）

서울대학교 / 에서는
（在首爾大學）

情況二：副詞＋動詞／形容詞 89

如果是「副詞＋動詞、形容詞」的組合，通常會把它們捆在一起，因為它們屬於「修飾與被修飾」的關係，彼此非常緊密。

많이 먹어서 / 배가 / 터질 것 같아 .
（吃太多肚子好像要撐開了。）

어젯밤엔 / 잠을 / **못 잤는데 ...**
（昨天晚上沒睡好……）

거기 / **안 가도** / 상관없어요 .
（不用去那裡也沒關係。）

但如果「副詞＋動詞、形容詞」再加上語尾之後的字數太多時，就會在副詞與動詞或形容詞之間斷句。

언니가 / **밤낮없이** / 일했으니까 ...
（因為姊姊沒日沒夜地工作……）

내가 / **그렇게** / **간절히** / 기도했습니다만 ...
（我都這麼懇切地祈禱了……）

情況三：冠型語＋名詞 90

在像「冠型語＋名詞、代名詞」的「修飾與被修飾」關係中，如果整體字數（包含助詞）不多的話，這一組合經常捆在一起，甚至是會連同後方的動詞或形容詞一起捆成一組。

그럴 리가 / 없는데 ...
（不可能會那樣啊……）

갈 곳이 / 어딨어 ?
（要去的地方在哪裡？）

이래도 / **할 수 없다고** ?
（即使如此，也做不到？）

然而，如果「冠型語＋名詞、代名詞」的字數太多，會不容易發音，因此需要再斷句一次。

미술품을 / **판 돈은** / 대부분 ...
（販賣藝術品的錢大部分……）

오토바이를 / **살 돈조차** / 없어요 .
（連買摩托車的錢也沒有。）

「미술품을 판 돈은」中的「미술품을 판」修飾後方的「돈」，彼此關係非常緊密。但是，如果將「미술품을 판 돈은」捆在一起的話，會因為字數太多變得很難發音，這時

經常會在冠型語中，從受詞（或主詞）跟動詞（或形容詞）中間斷句，也就是將動詞（或形容詞）跟後方被修飾的名詞捆在一起。

如果冠型語裡的動詞或形容詞已經跟後方被修飾的名詞捆在一起了，卻還是出現字數太多的情況時，那就需要再斷句一次。

연구를 / **하기 위한** / 시간을 / 낼 수는 / 없었습니다 .
（抽不出做研究的時間。）

마음씨가 / **따뜻한** / 여학생이 / 있더라고 .
（有一位心地溫暖的女學生。）

情況四：名詞＋名詞 91

如果是多個名詞的情況，通常只有最後面的名詞會與助詞或「이다」捆在一起，其餘的名詞則會另外捆在一起，或是（如果字數還是太多的話）各別分到不同斷句裡。

그녀에게서 / 받은 / 첫인상 / 느낌으로는 ...
（對那女生的第一印象感受……）

대학 진학 / 상담은 ...
（大學生涯諮詢……）

한국음성 / 학회에서는 ...
（韓國語音學會……）

情況五：詞綴＋詞、詞＋詞綴 92

韓語中，如果遇到「詞綴＋詞」及「詞＋詞綴」的情況，經常將它斷成兩句，尤其當這一類的組合與助詞或語尾結合後，字數過多的情況，則更需要將它斷成兩句。

반/사회주의란 ...
（所謂反社會主義是……）

신/여성주의의/ 주장은 ...
（新女性主義的主張是……）

선진화/시키기 위한/ 목적으로 ...
（以促進先進化為目標……）

손실을/ 최소화/시키기까지는 ...
（直至損失最小化……）

情況六：其他 93

一些常見的語法組合，例如「- 고 싶 -」、「- 어 있 -」、「- 어 버리 -」等等，經常將會以「動詞、形容詞＋語尾」的方式捆在一起。

– 고 싶 – ：그녀가 / **보고 싶어서** / ...
（因為我想見她……）

– 어 있 – ：그 / 사람이 / 계속 / **앉아 있기** / 때문에 / ...
（因為那個人一直坐著……）

– 어 버리 – ：**태워 버렸던** / 사진을 / 더 이상 / 되 / 찾을 수가 / 없었다 .
（已經燒掉的照片再也找不回來。）

同理，如果字數過多的話，則需要再把它斷句一次！

– 고 싶 – ：다시 / 과거로 / **되 / 돌아가고 / 싶은데** ...
（我想要再次回到過去……）

– 어 있 – ：찌꺼기가 / **가라앉아 / 있었다** .
（殘渣沈澱。）

－어 버리－：연락 없이 / 갑자기 / 사라져 / 버렸어요 .

（沒有任何消息，突然就消失了。）

掌握住斷句的方法後，接下來就要來看看不同字數的斷句，也就是句中語調組會有什麼樣的「音高模式」！

● 音高模式

四個字的句中語調組：THLH 94

一般來說，四個字的句中語調組最為常見，此時，每一個字上都會出現一個音高，大多以「低音＋高音＋低音＋高音」或「高音＋高音＋低音＋高音」的音高模式呈現。

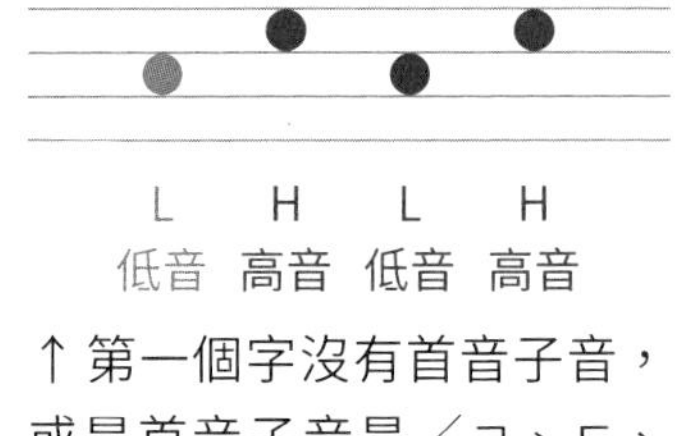

↑ 第一個字沒有首音子音，或是首音子音是／ㄱ、ㄷ、ㅂ、ㅈ、ㄴ、ㅁ、ㄹ／其中之一

H H L H
高音 高音 低音 高音

↑ 第一個字的首音子音是／ㅋ、ㅌ、ㅍ、ㅊ、ㅎ、ㅅ、ㅆ、ㄲ、ㄸ、ㅃ、ㅉ／其中之一

根據第一個字的首音子音，第一個字的音高可能是「低音（Low，L）」也可能是「高音（High，H）」。因此，本書用「T（Tone）」表示第一個音高。於是，四字句中語調組的音高模式就可以簡寫成「THLH」。

第一步

把「T」放到第一個字上，並確認第一個字有沒有首音子音、首音的子音是什麼？

ⓐ **第一個字沒有首音子音：**

第一個字的音高＝「L」

ⓑ **第一個字的首音子音是／ㄱ、ㄷ、ㅂ、ㅈ、ㄴ、ㅁ、ㄹ／其中之一：**

第一個字的音高＝「L」

ⓒ **第一個字的首音子音是／ㅋ、ㅌ、ㅍ、ㅊ、ㅎ、ㅅ、ㅆ、ㄲ、ㄸ、ㅃ、ㅉ／其中之一：**

第一個字的音高＝「H」

第二步

把剩餘的音高分配到第二、第三及第四個字上。

ⓐ **第二個字的音高＝「H」**

ⓑ **第三個字的音高＝「L」**

ⓒ **第四個字的音高＝「H」**

미영이는 / 친구하고 / 공원에서 / 운동해요.

（美英跟朋友在公園運動。）

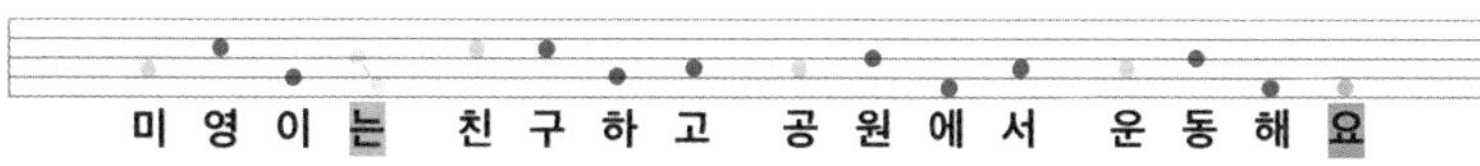

可以注意的是，「미영이는」中「는」的「H」語調會被「句間語調組」取代；而「운동해요」中「요」的「H」語調會被「句尾語調組」取代。關於「句間語調組」、「句尾語調組」，後面會再仔細介紹。

另外需要注意的是，每一個句中語調組之間並不需要「停頓」，每一個句中語調組的最後一個字也不需要拉長音。

當句子太長、長到如果不停下來休息一下，可能會唸到缺氣的程度，那就需要用到「句間語調」，這部分會在最後面再詳細介紹。

大於四個字的句中語調組：TH ～ LH 95

一句句中語調組裡也可能包含四個以上的字，最多可以到六個字。雖然字變多了，但大於四字的句中語調組的音高模式並沒有變得比較複雜，它與前面提到的、四字句中語調組的音高模式（「THLH」）有非常密切的關係。

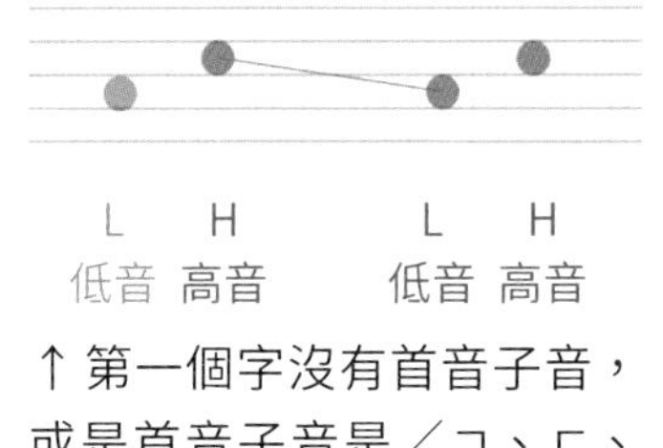

↑ 第一個字沒有首音子音，或是首音子音是／ㄱ、ㄷ、ㅂ、ㅈ、ㄴ、ㅁ、ㄹ／其中之一

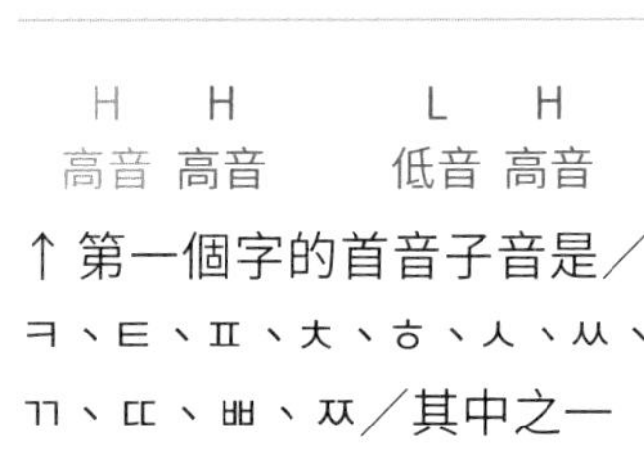

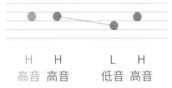

↑ 第一個字的首音子音是／ㅋ、ㅌ、ㅍ、ㅊ、ㅎ、ㅅ、ㅆ、ㄲ、ㄸ、ㅃ、ㅉ／其中之一

第一步

把「TH」各別放到第一及第二個字上。

ⓐ 第一個字沒有首音子音：

第一個字＋第二個字的音高＝「LH」

ⓑ 第一個字的首音子音是／ㄱ、ㄷ、ㅂ、ㅈ、ㄴ、ㅁ、ㄹ／其中之一：

第一個字＋第二個字的音高＝「LH」

ⓒ 第一個字的首音子音是／ㅋ、ㅌ、ㅍ、ㅊ、ㅎ、ㅅ、ㅆ、ㄲ、ㄸ、ㅃ、ㅉ／其中之一：

第一個字＋第二個字的音高＝「HH」

第二步

把「LH」各別分配到倒數第二及倒數第一個字上。

第三步

中間沒有分配到音高的字，從第二個字的「H」慢慢下降到倒數第二個字的「L」。

因為中間的字不會分配到音高，而是呈現一個下降的曲線，所以本書將大於四字的句中語調組簡寫成「TH ～ LH」。下面接著看一些例子：

친구하고 / **놀이공원에** / 가요.

（我看朋友去遊樂園。）

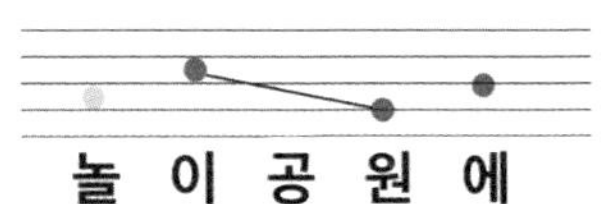

이 / 책에는 / **좋은 이야기가** / **실려 있어요**.

（這本書裡收錄了很棒的故事。）

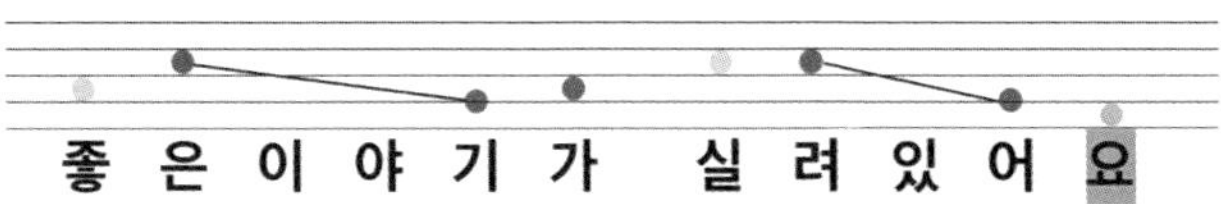

第一章 背景知識
第二章 韓語子母音
第三章 發音規則
第四章 韓語語調
第五章 實際運用

三個字的句中語調組：T（L／H／～）H 96

三字句中語調組的音高模式相較之下就稍微複雜一點，但同樣地，它跟「THLH」也有密切關係！在「THLH」中，最重要的兩個音高分別是第一個音高「T」以及最後一個音高「H」，這兩個音高基本上都會出現在三個字（以及兩個字、一個字）的句中語調組中。

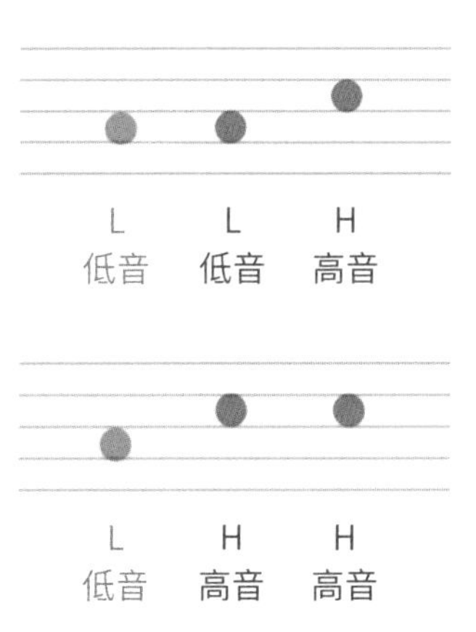

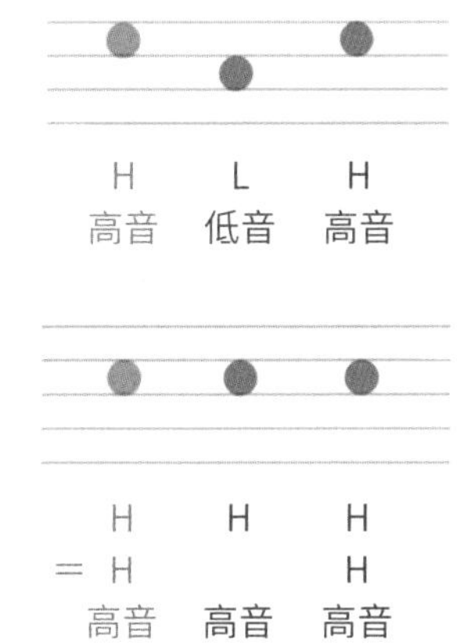

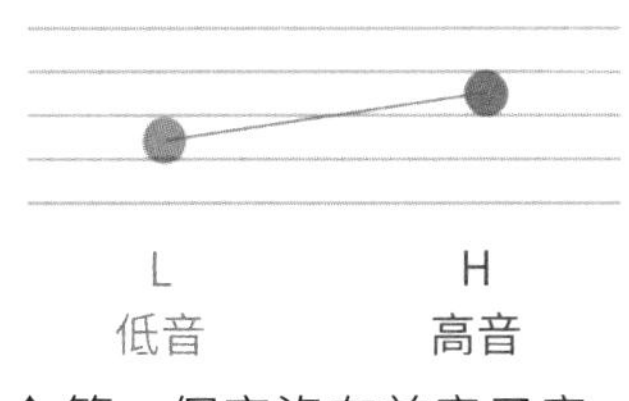

↑ 第一個字沒有首音子音，或是首音子音是／ㄱ、ㄷ、ㅂ、ㅈ、ㄴ、ㅁ、ㄹ／其中之一

↑ 第一個字的首音子音是／ㅋ、ㅌ、ㅍ、ㅊ、ㅎ、ㅅ、ㅆ、ㄲ、ㄸ、ㅃ、ㅉ／其中之一

第一步

把「T」放到第一個字上。

ⓐ 第一個字**沒有**首音子音：

第一個字的音高＝「L」

ⓑ 第一個字的首音子音是／ㄱ、ㄷ、ㅂ、ㅈ、ㄴ、ㅁ、ㄹ／其中之一：

第一個字的音高＝「L」

ⓒ 第一個字的首音子音是／ㅋ、ㅌ、ㅍ、ㅊ、ㅎ、ㅅ、ㅆ、ㄲ、ㄸ、ㅃ、ㅉ／其中之一：

第一個字的音高＝「H」

第二步

把「H」放到最後一個字上。

第三步

中間的字的音高可以是「L」、「H」，或是「～」。如果是「～」的情況：當第一個字是「L」時，音高就會從第一個字的「L」慢慢上升到最後第一個字的「H」；當第一個字是「H」，音高就會從第一個字的「H」水平移動到最後第一個字的「H」。

因此，三字句中語調組可以簡寫成「T（L／H／～）H」，且按照上面的步驟，可能會出現「LH」、「HH（＝HHH）」、「LLH」、「HLH」、「LHH」等五種音高模式。下面接著看一些例子：

내 / 딸이 / **공원에** / 놀러 갔어.
（我女兒去公園玩了。）

비싼 걸 / 많이 / **팔아요**.
（賣很多貴的東西。）

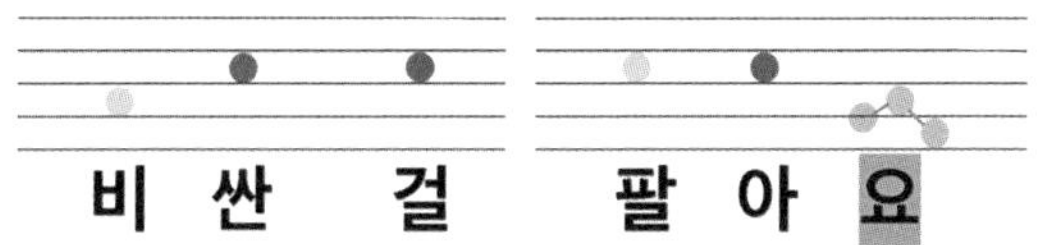

군대 생활을 / 아주 / **빡세게** / **지냈어**.
（軍隊生活過得很辛苦。）

兩個字的句中語調組：TH 97

前面提到「THLH」中最重要的兩個音高分別是第一個音高「T」以及最後一個音高「H」，因此，當重音短句裡只有兩個字時，這兩個音高就會依序分配到第一及第二個字上。

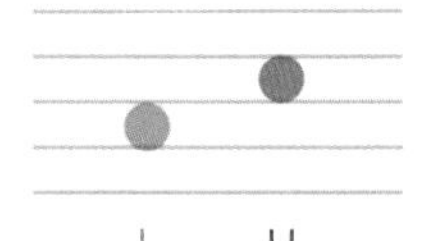

L　H
低音　高音

↑ 第一個字沒有首音子音，或是首音子音是／ㄱ、ㄷ、ㅂ、ㅈ、ㄴ、ㅁ、ㄹ／其中之一

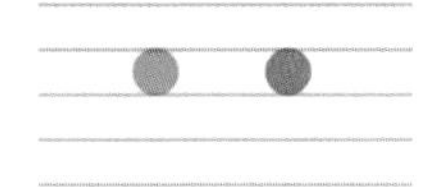

H　H
高音　高音

↑ 第一個字的首音子音是／ㅋ、ㅌ、ㅍ、ㅊ、ㅎ、ㅅ、ㅆ、ㄲ、ㄸ、ㅃ、ㅉ／其中之一

第一步

把「T」放到第一個字上。

ⓐ **第一個字沒有首音子音：**

第一個字的音高＝「L」

ⓑ **第一個字的首音子音是／ㄱ、ㄷ、ㅂ、ㅈ、ㄴ、ㅁ、ㄹ／其中之一：**

第一個字的音高＝「L」

ⓒ **第一個字的首音子音是／ㅋ、ㅌ、ㅍ、ㅊ、ㅎ、ㅅ、ㅆ、ㄲ、ㄸ、ㅃ、ㅉ／其中之一：**

第一個字的音高＝「H」

第二步

把「H」放到最後一個字上。

如此一來，兩字句中語調組可以簡寫成「TH」，且按照上面的步驟，可能會出現「LH」或是「HH」等兩種音高模式之一。下面接著看一些例子：

어제 / **숙제** / 다 했어?
（昨天作業都做完了嗎？）

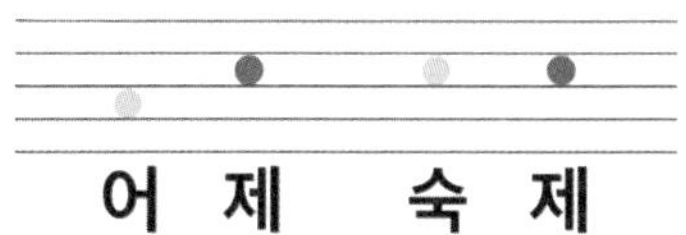

선생님이 / **깜빡** / 잊어 버렸대 .
（老師一下子就忘記了。）

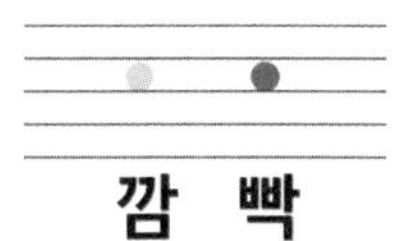

一個字的句中語調組：TH 98

即使只有一個字也可以自成一句句中語調組，此時「THLH」中最為重要的「T」與「H」會同時分配到同一個、也是唯一的字上：

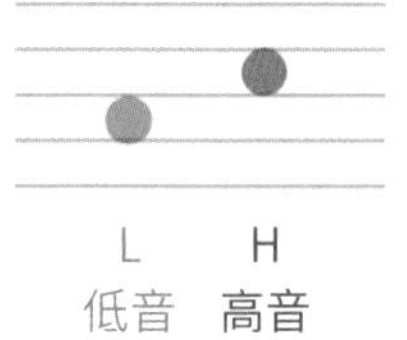

↑第一個字沒有首音子音，或是首音子音是／ㄱ、ㄷ、ㅂ、ㅈ、ㄴ、ㅁ、ㄹ／其中之一

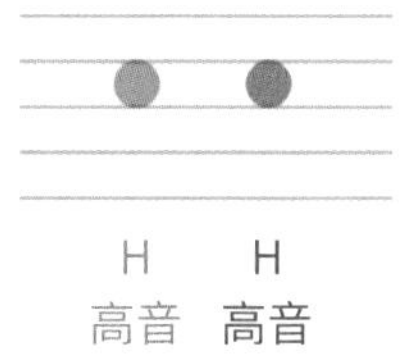

↑第一個字的首音子音是／ㅋ、ㅌ、ㅍ、ㅊ、ㅎ、ㅅ、ㅆ、ㄲ、ㄸ、ㅃ、ㅉ／其中之一

第一步

把「TH」都放到第一個字上。

ⓐ 第一個字沒有首音子音：
第一個字的音高＝「LH」

ⓑ 第一個字的首音子音是／ㄱ、ㄷ、ㅂ、ㅈ、ㄴ、ㅁ、ㄹ／其中之一：
第一個字的音高＝「LH」

ⓒ 第一個字的首音子音是／ㅋ、ㅌ、ㅍ、ㅊ、ㅎ、ㅅ、ㅆ、ㄲ、ㄸ、ㅃ、ㅉ／其中之一：
第一個字的音高＝「HH」

如此一來，一字句中語調組也可以簡寫成「TH」，且按照上面的步驟，可能會出現「LH」及「HH」兩種音高模式。下面接著看一些例子：

세상에서 / **젤** / 잘생긴 / 사람은 / ...
（世界上最帥的人是……）

그런데 / **이** / 모든 것은 / 꿈에 / 불과했다.
（然而，這一切不過是夢。）

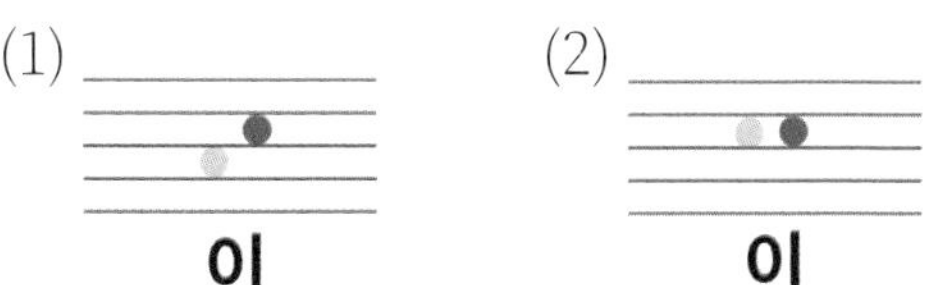

單元 02

句尾語調組

> 3 韓語韻律學中，稱之為「語調短句（Intonational Phrase）」。

「句尾語調組[3]」故名思義就是出現在句子的最後一個字上的音高模式，通常是用來傳達說話者的心情、態度或是「陳述、疑問、命令、共動、感嘆」等等的語氣。

저희**는** / 또**한** / 여러분의 / 행복한 삶**을** / 마음속으로 / 응원합니**다(L%)**. 99

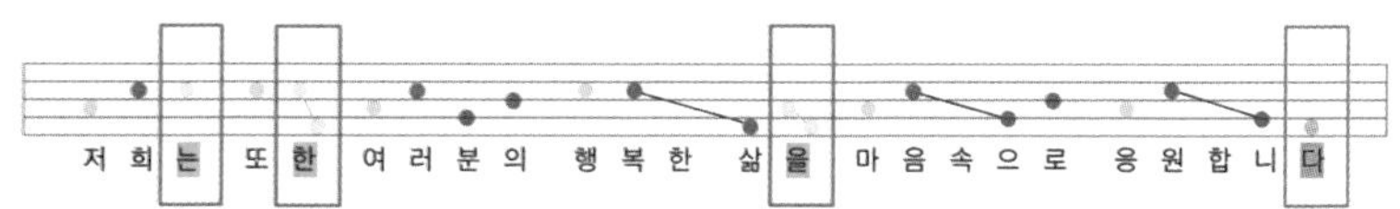

例如，表達「陳述」的語氣時，不會用「LH ～ LH」音高模式來唸「응원합니다」，而是在「다」的位置上，用一個「低音（L%）」取代「H」，如此一來，「응원합니다」的音高模式就變成「LH ～ LL%」，同時「다」還會拉長音！

知道更多

句尾音節拉長音是韓語語調的特色之一。

윤은경・김슬기（2011）的研究指出，句尾音節拉長音的話，會讓韓語母語聽者覺得親切、容易親近；反之，如果句尾音節沒有拉長音的話，則會讓韓語母語聽者覺得生硬、不親切，甚至是懷疑話者是不是生氣了。

韓語的句尾語調組至少有九種類型，本書只會說明其中六種類型：「L%、H%、HL%、LH%、LHL%、HLH%」，這六種句尾語調組類型除了可以用來表達「陳述、命令、共動、疑問、感嘆」語氣以外，也常常用來傳遞話者的態度、情緒等。

陳述句：L%、HL%、LHL%

一般來說，陳述事實時，常會使用下降的「L%」或「HL%」，尤其在朗讀、新聞報導時，這兩種句尾語調組經常被使用，此時，最後一個字會拉長音！

L%：陳述語氣。 100

나영이는 / 미영이를 / 싫어해요(L%).
（那英討厭美英。）

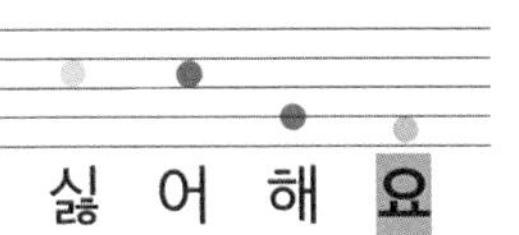

HL%：陳述語氣。

그랬어요 (HL%).
（就是那樣。）

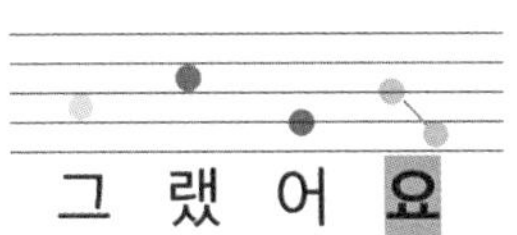

除此之外，上升下降的「LHL%」 可以用來表達陳述語氣的同時，還含有「說服聽者」、「自我主張」、「對某事的確信」的態度等意思，注意最後一個字要拉長音！

LHL%：陳述語氣——說服、主張、確信。 101

中間的「H」不要太高

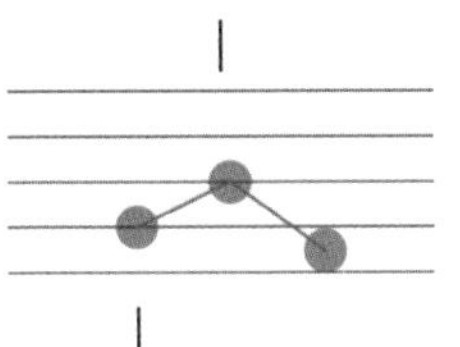

起調不要太高

그랬어요 (LHL%).
（就是那樣。）

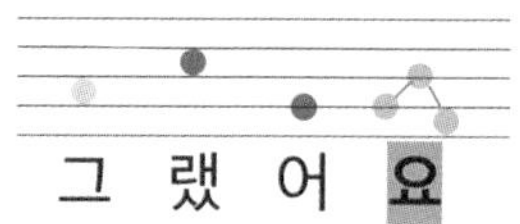

疑問句：H%、LH%、HL%、HLH%

韓語裡用來表達疑問語氣的語調有很多種，大部分都跟上升的語調有關：「H%」與「LH%」都可以用在表示疑問的時候，「H%」較常出現在「yes-no 疑問句」，「LH%」則較常出現在「wh 疑問句」（Jun，2000）。

H%：疑問語氣——yes-no 疑問。 102

어디 가요 (H)? （要去哪裡嗎？回答：對／沒有。）

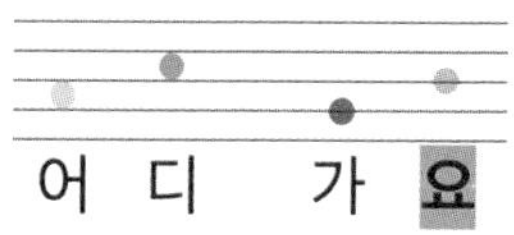

注意「디」的音高會稍微高一點！

그랬어요 (H)? （是那樣嗎？）

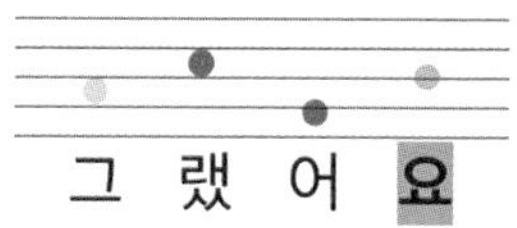

LH%：疑問語氣——wh 疑問。 103

어디 가요 (LH%)？（要去哪裡？回答：「地點」）

#注意「디」的音高會稍微低一點！

날씨가 / 어때요 (LH%)？
（天氣如何？）

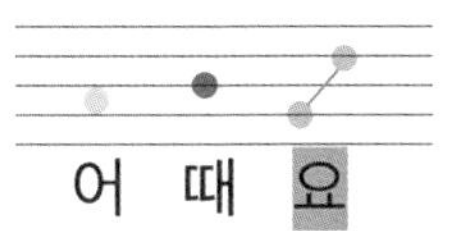

除此之外，「LH%」在表達疑問的同時，某些情況下，也會包含「厭煩」、「不悅」、「不相信」的話者態度。

LH%：疑問語氣——厭煩、不悅 104

내가 / 진작 하라고 / 계속 / 말했잖아(LH%)？
（我不是叫你趁早點做嗎？）

疑問語氣——不相信

A：내 / 편지는 / 어디다 / 뒀어?
（你把我的信放在哪裡了？）

B：버릴 건 줄 / 알았는데 ...
（我以為那是要丟掉的耶……）

A：버렸다고 (LH%)?
（你丟掉了？！）

그랬어요 (LH%)?（是那樣嗎？）

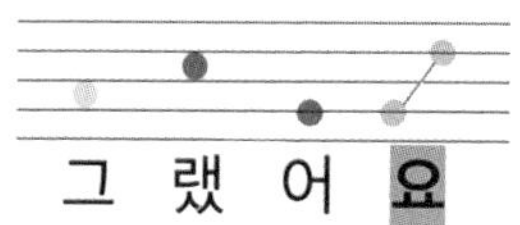

最後，比較特別的是，陳述語氣裡常見的下降句尾語調組「HL%」也可以用在「wh 疑問句」，這是因為疑問詞（「誰」、「哪裡」、「什麼」等）本身就可以充分傳達「我在問問題」的訊息，所以即使用下降的句尾語調組也不會影響語氣的表達。

HL%：疑問語氣——wh 疑問語氣 105

뭐 먹어 (HL%)?（吃什麼？）

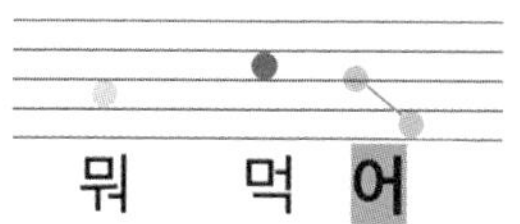

어디 감 (HL%)? （去哪裡？）

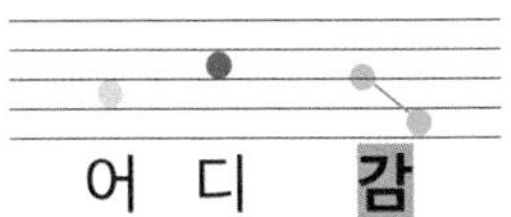

여기 / 누구 / 사무실인데(HL%)?
（這裡是誰的辦公室？）

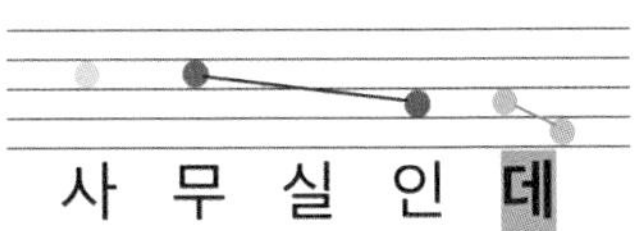

上升下降的「HLH%」也可以用來表達疑問語氣，同時，還包含了「話者確信、肯定某事」、「期待聽到聽者的同意」等意思，此時，最後一個字可以稍微拉長音！

HLH%：疑問語氣——抱持確信的態度，並期待聽者的同意

106

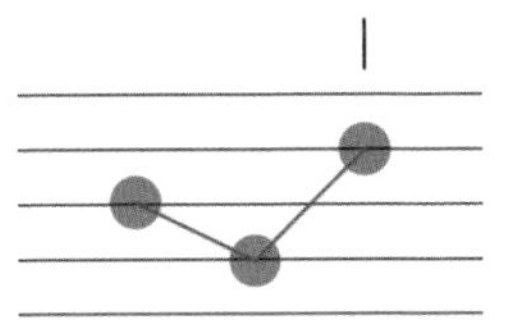

점심 / 같이 / 드시겠죠(HLH%)?
（您要一起吃飯，是吧？）

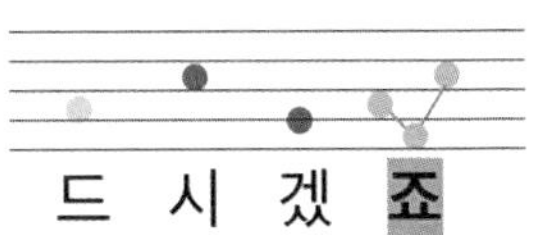

여기 안에 / 뭐 / 있지(HLH%)?
（這裡面有什麼，是吧？）

命令句與共動句：L%、HL%、LHL%、HLH%

基本上，命令句與共動句的句尾語調組一樣，且跟陳述句的句尾語調組非常相似：都可以使用下降句尾語調組「L%」及「HL%」，但是命令／共動句的最後一個字的音長會比陳述句的最後一個字的音長還要來得更短！

L%：命令、共動語氣 107

같이/ 점심 먹자(L%).
（一起吃午餐吧。）

HL%：命令、共動語氣 108

쓰레기 / 좀 / 치워라(HL%).
（清一下垃圾。）

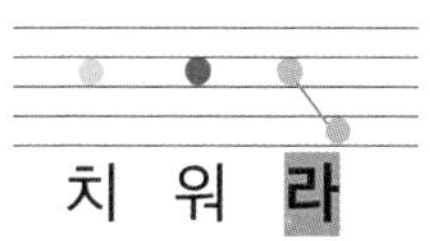

上升下降的「LHL%」可以用來表達命令／共動語氣的同時，也經常包含話者「生氣」、「煩躁」的態度。

LHL%： 命令、共動語氣——生氣、煩躁 109

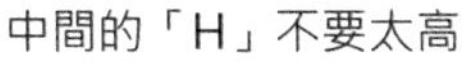

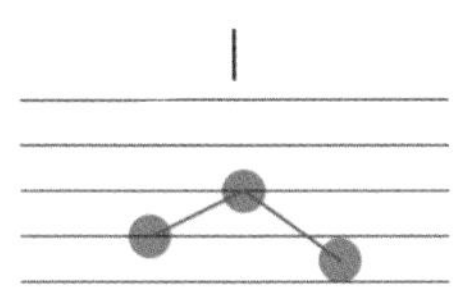

하지 좀 마 (LHL%)!
（不要弄！）

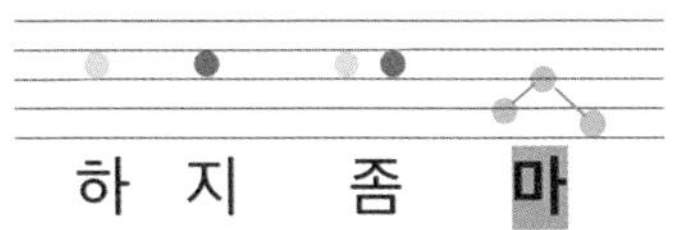

最後，下降上升的句尾語調組「HLH%」也可以用來表達命令／共動語氣。

HLH%： 命令、共動語氣 110

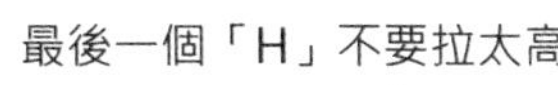

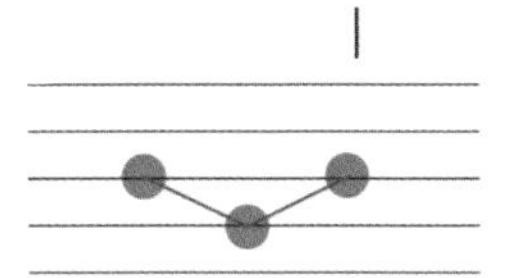

우린 / 서로 / 상처 / 주지 말자 (HLH%)!
（我們不要互相傷害！）

感嘆句：H%、LH%、HL%、HLH%、LHL%

用來表達感嘆語氣的句尾語調組中，除了最常使用的「HL%」以外，還有「H%」、「LH%」、「HLH%（偶爾會帶有諷刺的話者態度）」、「LHL%」等等，一樣要記得最後一個字要拉長音！

HL%：感嘆語氣 🎧 111

예쁘다 (HL%)!
（好漂亮啊！）

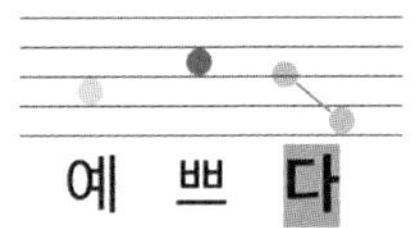

뭐야, 진짜 맛있어 (HL%)!
（天啊，真的好好吃！）

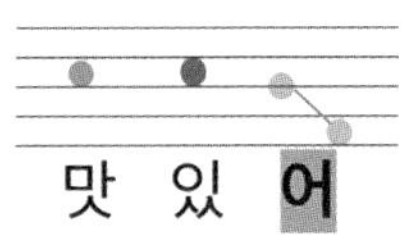

#注意「맛」的音高偏高，可以強化「感嘆」的語氣！

H%、LH%：感嘆語氣 🎧 112

재밌다 (H%)!
（好有趣啊！）

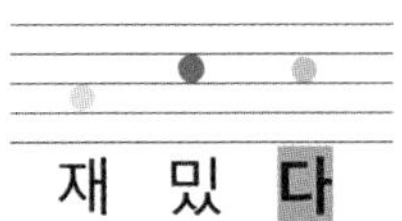

정말 / 다행이네요 (LH%)!
（真的太好了！）

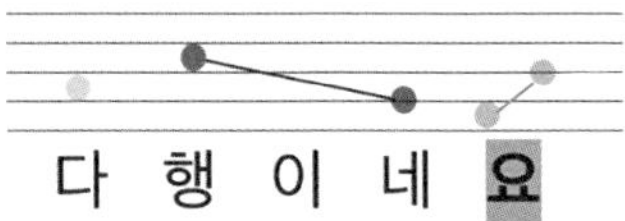

HLH%：感嘆語氣——諷刺 113

일 / 제대로 / 했구나 (HLH%)!
（有好好做完工作呢！）

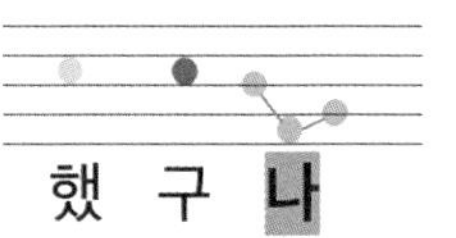

LHL%：感嘆語氣 114

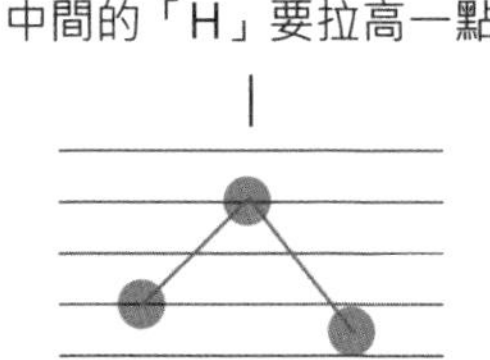

네가 / 범인이구나 (LHL%)!
（原來你是犯人！）

마마무 / 너무 / 멋있어 (LHL%)!
(MAMAMOO 真的太帥了！)

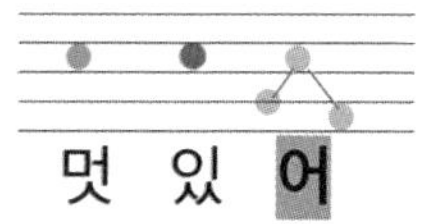

#注意「멋」的音高偏高，可以強化「感嘆」的語氣！

知道更多

上升的「H%、LH%」除了疑問句及感嘆句以外，也能用在陳述句的時候，只是此時的上升句尾語調組會包含話者「喚起聽者注意（表示話者要說的話還沒說完）」、「表達與聽者相反立場」或是「期待聽者反應」的態度。

H%、LH%：陳述語氣——喚起聽者注意 115

朋友：여친 있다는 걸 어떻게 알았어？
(你怎麼知道他有女友的？)

朋友：야 , 진짜 웃긴 게 한 번은 카톡하는 걸 봤는데 ,
(超搞笑的，有次我看到他在傳 Kakaotalk，)

거기 프사가 있었다 (H%).
(有看到大頭照。)

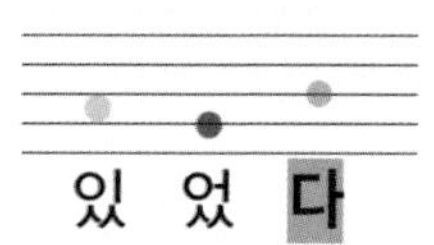

그래서 막 봤더니 ...
(然後，我一看……)

H%、LH%：陳述語氣——期待聽者反應 116

追求者：주말에 뭐 했어？
（週末幹嘛了啊？）

我：주말에 알바 했는데**요 (H%)**.（그래서 무슨 할 말이라도 있어？）
（我週末在打工啊。）（所以你想說什麼？）

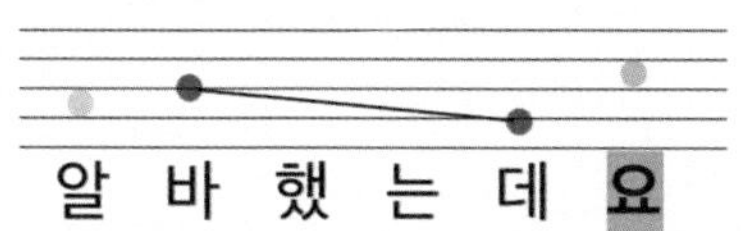

H%、LH%：陳述語氣——表達與聽者相反立場＋期待聽者反應 117

同學：선생님 아직 얘기 안 하셨지？
（老師還沒說對吧？）

我：수업 시간에 말하셨던 거 같은**데 (LH%)**.（그때 너 없었나？）
（上課時有說過了啊。）（那時你不在？）

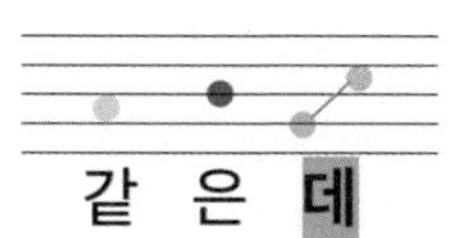

整理一下

<table>
<tr><th>語氣</th><th colspan="3">句尾語調組</th><th>音長</th><th>態度、情緒</th></tr>
<tr><td rowspan="3">陳述句</td><td rowspan="2">下降</td><td>L%</td><td rowspan="2"></td><td rowspan="2">長</td><td rowspan="2"></td></tr>
<tr><td>HL%</td></tr>
<tr><td>升降</td><td>LHL%</td><td></td><td>長</td><td>說服、主張、確信</td></tr>
<tr><td rowspan="4">疑問句</td><td rowspan="2">上升</td><td>H%</td><td rowspan="2"></td><td rowspan="2">長</td><td></td></tr>
<tr><td>LH%</td><td>厭煩、不悅、不相信</td></tr>
<tr><td>下降</td><td>HL%</td><td></td><td>長</td><td></td></tr>
<tr><td>降升</td><td>HLH%</td><td></td><td>長</td><td>抱持確信的態度，並期待聽者的同意</td></tr>
<tr><td rowspan="4">命令句
共動句</td><td rowspan="2">下降</td><td>L%</td><td rowspan="2"></td><td rowspan="2">短</td><td rowspan="2"></td></tr>
<tr><td>HL%</td></tr>
<tr><td>升降</td><td>LHL%</td><td></td><td>長</td><td>生氣、煩躁</td></tr>
<tr><td>降升</td><td>HLH%</td><td></td><td>長</td><td></td></tr>
</table>

語氣	句尾語調組			音長	態度、情緒
感嘆句	上升	H%	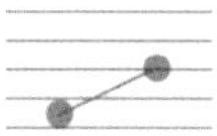	長	
		LH%			
	下降	HL%	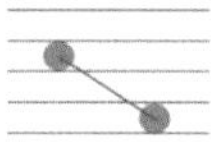	長	
	降升	HLH%	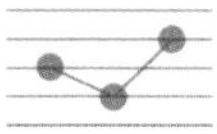	長	諷刺
	升降	LHL%	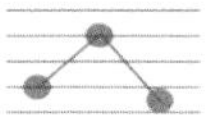	長	

單元 03

句間語調組

一般來說，句子越來越長的情況，或是一句話中表示話題、對照的部分，或是主詞、受詞的部分，或是根據說話者傳達訊息的方式不同等等，某些句中語調組的最後一個字的音高及音長就會發生變化，像這一類的語調，本書稱作「句間語調組[4]」。

4 本書的「句間語調組」在韓語韻律學中也同樣屬於的「語調短句」。

저희**는 (H)**/ 또**한 (HL)**/ 여러분의 / 행복한 삶**을 (HL)**/
마음속으로 / 응원합니**다 (L%)**. 118
（我們也會在心中支持各位的幸福人生。）

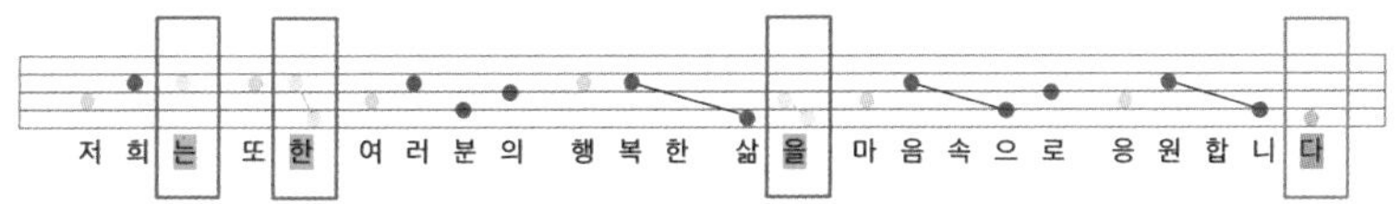

常見的句間語調組有：(L)、(H)、(HL)、(LH) 四種，經常出現在「子句＋子句（前子句裡）」、「話題、對照：名詞＋은／는」、「主詞：名詞＋助詞」、「受詞：名詞＋助詞」等地方。要注意的是這四種句間語調組只會出現在句中語調組裡，**最後一個字的位置**上，且**最後一個字的音長通常會被拉長**，並在這之後出現**短暫「停頓」**。

1. 子句＋子句 119

네가(H) / 여행을 가려**고(HL)** / 표를 / 끊은 걸(HL) / 다/ 알고 있어.
（你買了票要去旅遊的事大家都知道。）

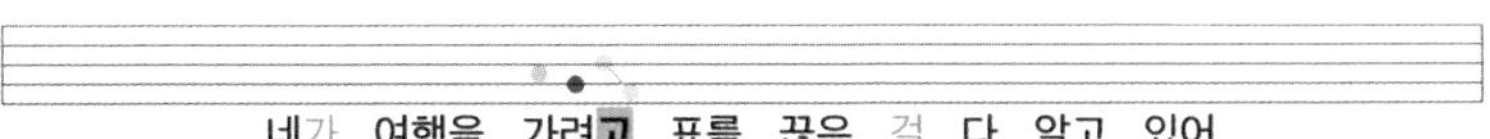

어쨌든(HL) / 아니라고 / 하니까(HL) / 다행이네요!
(總之，既然不是真的，那就太好了！)

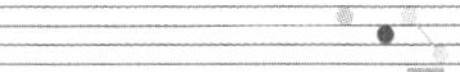

어쨌든 아니라고 하니까 다행이네요

무슨 일이 있으면(LH) / 나한테 / 전화해.
(有什麼事的話，就打給我。)

무슨 일이 있으면 나한테 전화해

2. 主題、話題：名詞、代名詞、數詞＋「은／는」 120

미주 씨는(H) / 가고 싶다고 / 애원했어요.
(美珠一直哀求著說想去。)

미주 씨는 가고 싶다고 애원했어요

제/ 생각에는(HL) / 이/ 방안이(LH) / 가장 / 효율적인 거 / 같습니다.
(我認為這個方案最有效率。)

제 생각에는 이 방안이 가장 효율적인 거 같습니다

3. 主詞、受詞：名詞、代名詞、數詞＋助詞 121

네가(H) / 여행을 가려고(HL) / 표를 / 끊은 걸(H) / 다/ 알고 있어.
(你買了票要去旅遊的事大家都知道。)

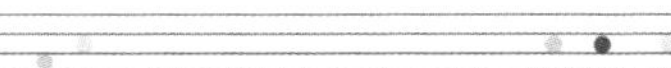

네가 여행을 가려고 표를 끊은 걸 다 알고 있어

제 / 생각에는(HL) / 이 / 방안이(HL) / 가장 / 효율적인 거 / 같습니다.

(我認為這個方案最有效率。)

내가 보기엔(H) / 그의 입장을(H) / 동의하는 사람이(HL) / 많지 않을 거야.

(在我看來，同意他的立場的人應該不多。)

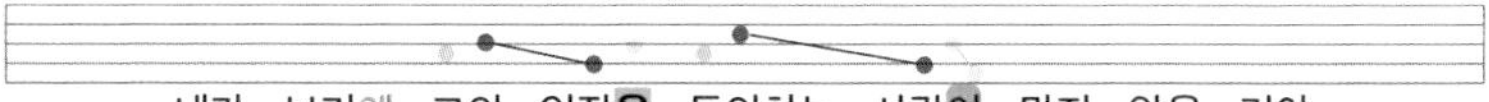

第五章　實際運用

學語言貴在應用，一起來實際練習，掌握關鍵技巧！

單元 01

語法 × 語調

上一章提到句尾語調除了用來表示「陳述、疑問、命令、共動、感嘆」等語氣外，也同時用來傳達話者的態度，而正因為每個句尾語調都用來傳遞不同的話者態度，即使是同一個語法（同一個意思）也會因為使用的句尾語調不同而含有不同的「訊息」，又或是同一個語法有多種意思時，根據意思不同也會使用不同的句尾語調。

在這個章節裡，將介紹幾個韓語裡常見且常常讓學習者頭痛、不知道要用上升還是下降句尾語調組的語法。

1. -거든(요)

「-거든(요)」可以當終結語尾（表示一句話結束）時，基本的意思是「告知一件聽者不知情的事實」，在談話中，常常用來陳述背景、事實、原因等，有點類似後續故事的「前情提要」的概念，這時的「-거든(요)」常常會和下降的「L%、HL%、LHL%」與上升的「H%、LH%」一起使用。

當「-거든(요)」與「L%、HL%、LHL%」一起使用時，除了有陳述背景、事實、原因的意思以外，下降語調也會給人「尊敬感」。記得最後一個字要拉長音！

-거든(요)＋L%、HL%、LHL%——陳述背景、事實、原因（尊敬感高） 122

내가 좀 전에 이미 얘기해 줬거**든 (L%)**.
（我剛剛有跟他說了。）

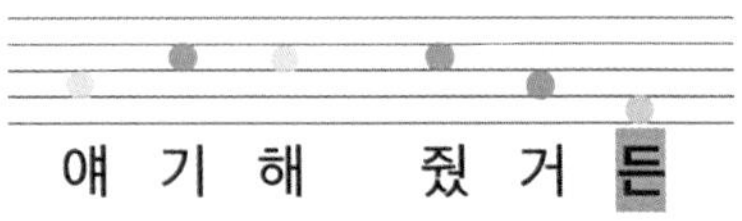

學弟：이따 선생님도 오실 거거든**요 (LHL%)**.

（等等老師也會來。）

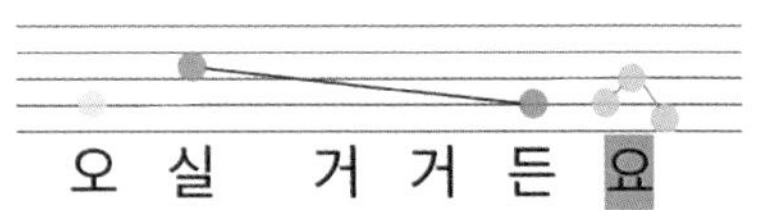

주문 먼저 해 놓을까요？

（要不要先點好餐？）

學姐：그래 . 그렇게 하자 .

（好啊，就先點餐吧。）

同事：저번 말했던 그 식당에 가 보셨어요？주말에？

（你去了上次說的那間餐廳了嗎？週末的時候？）

我：아 , 주말에 친구랑 약속 있었거든**요 (HL%)**.

（沒有耶，我週末和朋友有約。）

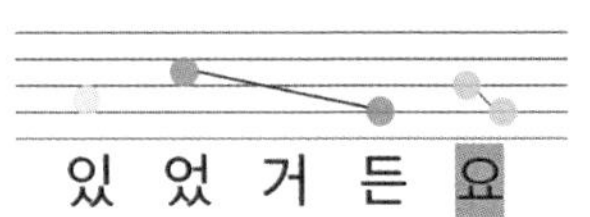

當「-거든(요)」與「H%、LH%」一起使用時，同樣有陳述背景、事實、原因的意思，但上升語調會喚起聽者的注意，同時向聽者傳達：「我話還沒說完，請你注意聽，不要打斷我」的話者態度。與下降語調相比，上升語調給人的「尊敬感」比較不明顯。

-거든(요)＋H%、LH%——陳述背景、事實、原因＋喚起注意（尊敬感低） 🎧 123

배우 최우식도 온다고 들었거**든 (LH%)**. 그래서 가 봤는데 ...
（聽說演員崔宇植也會來，所以我才過去的……）

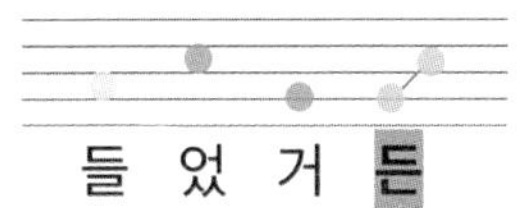

내일 휴강이거든**요 (H%)**. 같이 영화 보러 갈래요？
（明天停課，要不要去看電影？）

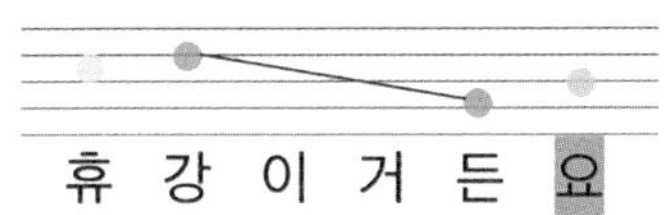

通常「-거든(요)＋H%、LH%」之後，話者會接著講完後半段的話，萬一此時話者沒有繼續說下去的話，就代表話者在「期待聽者的反應」或是「引導聽者推測後半段的內容」。

-거든(요)＋H%、LH%——陳述背景、事實、原因＋期待反應（尊敬感低） 🎧 124

媽媽：옷이 왜 이렇게 젖었어？
（衣服怎麼這麼濕？）

女兒：비가 오는 줄 모르고 나갔거**든(LH%)**. (그래서 비 맞았지 뭐야.)
（我不知道外面在下雨就出去了。）（所以才淋雨了。）

此外，「-거든(요)＋H%、LH%」也可以用來反駁他人，通常在反駁他人時的「尊敬感」是最低的，因此在使用「-거든(요)＋H%、LH%」時，千萬要小心使用，以免造成誤會！

-거든(요)＋H%（或LH%）——反駁（尊敬感低） 🎧 125

男朋友：너 살 쪘지？
（你胖了，對不對？）

女朋友：야！아니거든 (H%)! 부은 거거든 (LH%)!
（欸！才沒有！是水腫好嗎！）

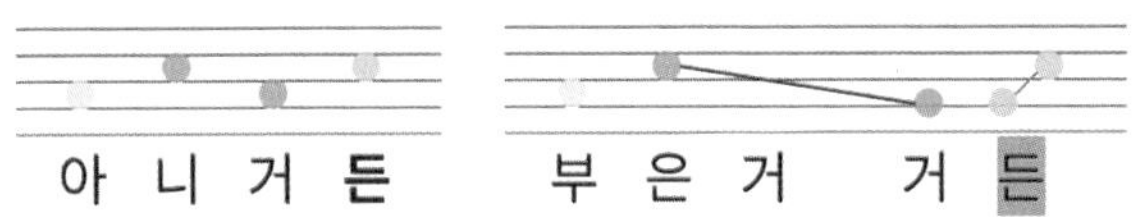

2. -(으)ㄹ걸(요)

終結語尾「-(으)ㄹ걸(요)」有兩種意思：「推測」及「後悔、惋惜」。當「-(으)ㄹ걸(요)」用來表示「推測」的意思時，通常會和上升語調「H%、LH%」一起使用。

-(으)ㄹ걸(요)＋H%、LH%——推測 🎧 126

學長：집에 안 들어갔다는 건 티 안 나겠지？
（應該看不出來我昨天沒回家吧？）

學弟：는 무슨 . 보면 바로 눈치 챌**걸 (H%)**?
（才怪，一看就看得出來了吧？）

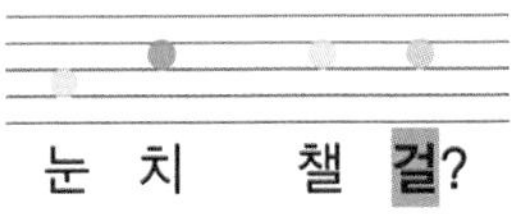

聯誼對象：지금 제주도도 춥겠죠？
（現在濟州島很冷吧？）

聯誼對象：서울보다 덜 추울걸**요 (LH%)**.
（應該不會比首爾冷吧？）

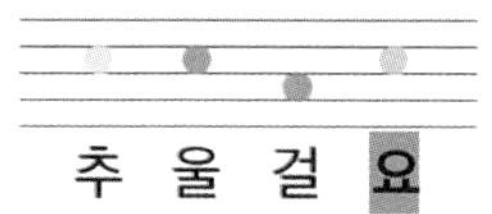

當「-(으)ㄹ걸(요)」表示「後悔、惋惜」的意思時，通常會和下降語調「L%、HL%」一起使用。

-(으)ㄹ걸(요)＋L%、HL%——後悔、惋惜 127

閨蜜：야, 정해인 선배도 온대.
（欸，聽說丁海寅前輩也會來。）

我：헐, 진짜? 미리 알았으면 예쁘게 입고 올**걸 (HL%)**.
（天，真假？早知道我就穿漂亮一點再來了。）

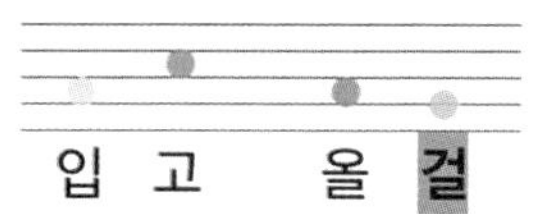

哥哥：너 오늘 왜 이래? 어디 아파?
（你今天怎麼了？哪裡不舒服嗎？）

弟弟：형... 나 어제 여친이랑 싸웠거든. 걔가 나 차단했단 말야.
（我昨天跟女友吵架了。她封鎖我了。）

하아, 진짜, 싸우질 말**걸 (L%)**.
（哈啊，真的，早知道就不跟她吵了。）

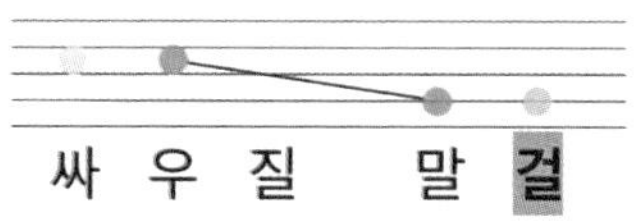

3. -(으)ㄹ 텐데(요)

終結語尾「-(으)ㄹ 텐데(요)」跟「-(으)ㄹ걸(요)」非常類似，同樣有「推測」與「後悔、惋惜」兩種意思。當「-(으)ㄹ 텐데(요)」用來表示「推測」的意思時，通常會和上升語調「H%、LH%」一起使用。

-(으)ㄹ 텐데(요)＋H%、LH%——推測 128

장학금 신청 공지가 벌써 나와 있을 텐데**요 (LH%)**.
（獎學金申請公告應該已經出來了。）

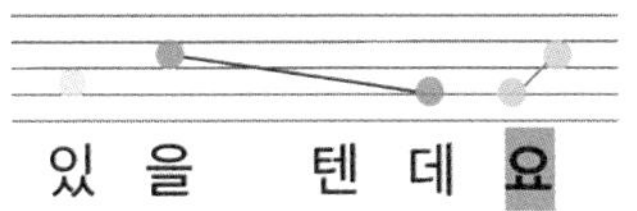

점심 아직 안 먹었어？배고플 텐**데 (H%)**.
（你還沒吃午餐？應該很餓吧。）

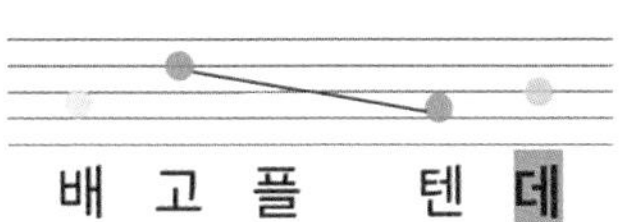

當「-(으)ㄹ 텐데(요)」用來表示「後悔、惋惜」的意思時，通常會和下降語調「L%、HL%」一起使用。

-(으)ㄹ 텐데(요)+L%、HL%——後悔、惋惜 129

朋友：비행기를 놓쳤다면서？

（聽說你錯過飛機？）

我：응 , 일찍 출발했으면 안 놓쳤을 텐**데 (L%)**.

（嗯，如果早一點出發的話，就不會錯過了。）

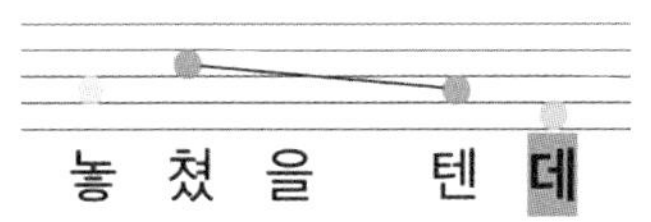

學姐：아 ! 차 막힌다 . 다른 길로 갈걸 .

（啊！塞車。早知道走別條路。）

學妹：그러게요. 큰 길로 갔으면 벌써 도착했을 텐데**요 (HL%)**.

（就是說啊，走大條路的話，應該早就到了。）

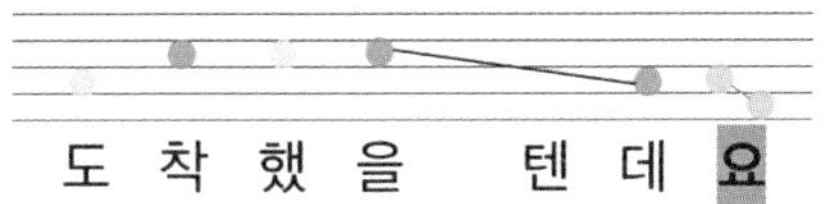

單元 02

文本練習

短句練習

一、疑問句、陳述句 130

[1]

역청 : 서유야 , 지금 뭐 해 ?

（書維，現在在幹嘛？）

서유 : 집에 가고 있어 .

（我正在回家。）

[2]

패기 : 어제 애플 서비스 센터에서 뭐 했어요 ?

（你昨天在蘋果服務中心幹嘛？）

서유 : 동생한테 줄 이어폰 샀어요 .

（買要給弟弟／妹妹的耳機。）

[3]

역청 : 어제 운동했어 ?

（你昨天有去運動嗎？）

서유 : 아니 , 수업하고 너무 피곤해서 바로 자 버렸어 .

（沒有，我昨天上完課太累就直接睡著了。）

[4]

패기 : 제가 알려드린 식당 가 봤어요 ?

（有去我跟您說的餐廳了嗎？）

서유 : 가 보고 싶은데 요새 넘 바빠서 아직은 못 가 봤어요 .

（很想去，但因為最近太忙還沒去。）

二、命令句 🎧 131

[1]

역청 : 물 좀 갖다 줘 .

（幫我拿個水。）

서유 : 알겠어 . 갖다 줄게 .

（好喔。我去幫你拿。）

[2]

패기 : 여기 소주 2 병 주세요 .

（請給我兩瓶燒酒。）

알바생 : 네 , 알겠습니다 .

（好的，我知道了。）

三、共動句 🎧 132

[1]

역청 : 이번 주말에 같이 영화 보자 .

（這週末一起看電影吧。）

서유 : 어쩌지 ? 나 이번 주말에 선약 있어 .

（怎麼辦？我這週末已經有約了。）

[2]

패기 : 서유님 , 우리 부서 다 같이 회식 한 번 합시다 .

（書維，我們部門全部人一起聚餐一次吧。）

서유 : 네 , 좋습니다 . 시간을 내서라도 가야죠 .

（當然好，就算是擠出時間也一定要去。）

四、感嘆句 133

[1]

서유 : 할 일이 생각보다 많네요 !

（要做的事比想像的還多啊！）

역청 : 그러니까요 . 왜 이렇게 끝이 안 보이죠 ?

（就是說啊。為何事情沒有個盡頭？）

[2]

역청 : 오 ! 진짜 맛있다 !

（喔！真的很好吃欸！）

서유 : 그렇지 ? 내가 장담했잖아 . 진짜 맛있다고 .

（是吧？我不就保證過了嘛。就說真的很好吃。）

五、語法

（1）-거든(요)

#背景、事實、原因說明 134

[1]

서유 : 이번 기획에 대해 과장님도 기대하고 계시거든요 .

（課長也對這次的企劃很期待。）

역청 : 네 , 좋은 성과를 내도록 열심히 하겠습니다 .

（好的，我會認真做出好結果的。）

[2]

패기 : 우리 둘인데 왜 세 잔을 시켰어요 ?

（只有我們兩個而已，為何點了三杯？）

역청 : 아 , 이따 서유도 올 거거든 .

（啊，等等書維也會來。）

＃背景、事實、原因說明＋引起聽者注意 🎧 135

[1]

서유 : 어제 도서관에 갔거든 .
거기서 패기가 다른 남자랑 같이 있는 걸 봤어 .
（昨天我去了圖書館。看到佩琪跟另一個男人在一起。）

역청 : 뭐야 , 뭐야 ? 둘이 뭘 하고 있었는데 ?
（什麼，什麼？所以他們做了什麼？）

[2]

역청 : 지난주에 이란에 갔었거든 .
거기 온천이 진짜 장난이 아니야 .
（上週我去了宜蘭。那裡的溫泉真的沒有在開玩笑的。）

서유 : 나도 알려줘 . 어디가 제일 유명해 ?
（也跟我說一下嘛。到底哪裡最有名？）

[3]

서유 : 주식에 전 재산을 올인했거든 .
이번은 진짜 부자가 될 수 있는 마지막 기회란 말야 .
（我 all in 我全部的財產到股票裡了。這次真的是變有錢人的最後一次機會了。）

역청 : 와우 ... 갓 블레스 유 (God bless you).
（哇嗚……God bless you。）

＃反駁 🎧 136

[1]

역청 : 너 여친 생겼다며 ?
（聽說你交女友了？）

서유 : 무슨 소리세요 ? 나 여친 없거든 .
（說什麼呢？我才沒有女友。）

[2]

서유 : 너 요즘 돈 많이 벌었지 .
(你最近賺很多錢對吧。)

역청 : 아니거든 . 통장 잔고가 바닥임 .
(才沒有。存款餘額是零。)

(2) -(으)ㄹ걸(요)

#推測 137

[1]

서유 : 패기한테 알려줘야 돼 ? 이미 알고 있을걸 .
(一定要告訴佩琪嗎？感覺她應該已經知道了。)

역청 : 문자라도 보내 둬 .
(就算是簡訊也好，傳一下吧。)

[2]

서유 : 역청이는 ? 아직 안 왔어 ?
(亦晴呢？還沒來嗎？)

패기 : 아까 출발했다고 카톡 왔는데 , 좀만 있으면 도착할걸 .
(剛剛她傳 Kakaotalk 說已經出發了，應該再一下下就會到了吧。)

#後悔 138

[1]

서유 : 지하철역에 도착하자마자 지하철이 내 눈앞에서 떠났어 .
좀만 더 빨리 뛰어올걸 .
(一到捷運站，捷運就從我眼前走了。早知道就跑快一點。)

[2]

역청 : 어제 소개팅 갔는데 ... 진짜 이상한 사람이 나왔단 말야 . 어휴 , 한 방 먹이고 갈걸 .

（我昨天去了聯誼，有超奇怪的人來。哎，早知道就灌他一拳再走。）

（3）-(으)ㄹ 텐데(요)

＃推測 139

[1]

역청 : 이번 행사는 계획대로 진행될까요 ?

（這次的活動會按照計畫進行嗎？）

서유 : 글쎄요 . 태풍 때문에 이번 행사가 취소될 확률이 아주 높을 텐데요 .

（這個嘛。因為颱風的關係，這次活動應該有很高的機率會被取消。）

패기 : 그러게요 . 행사 열리기는 글렀네요 .

（是啊。活動應該沒望舉行了。）

[2]

역청 : 노트북 가져가기 귀찮아 .

（好懶得帶筆電去。）

서유 : 그래도 혹시나 쓸지 모르니까 가져가면 더 좋을 텐데 .

（但是會用到也說不定，感覺還是帶去比較好。）

#後悔 🎧 140

[1]

서유 : 오늘 시험 봤는데 너무 못 본 것 같아 .
이럴 줄 알았으면 더 열심히 공부했을 텐데 ...
(今天考試好像考很爛。早知道這樣的話，就更努力讀書了……)

[2]

역청 : 대학원에 들어와서야 공부할 게 많다는 걸 실감했어 .
이렇게 빡셀 줄 알았으면 대학원에 오지 않았을 텐데 ...
(進研究所才感受到要讀的東西真的很多。早知道會這麼累就不來讀研究所了……)

對話練習

[對話 1] 시험 이야기（考試） 141

역청 : 어제 토픽 봤다며 ? 어땠어 ? 많이 어려웠어 ?
（聽說你昨天考 TOPIK 了？如何呢？很難嗎？）

서유 : 이번에는 진짜 대충대충 준비했는데 시험이 생각보다 더 어렵더라 .
지난번이랑 똑같이 쉬울 줄 알았는데 .
（這次就稍微準備了一下而已，殊不知考試比想像的還難。我還以為會跟上次一樣簡單。）

역청 : 그래서 잘 본 거야 ? 못 본 거야 ?
（所以到底是有考好？還是沒考好？）

서유 : 아 , 몰라 ! 쓰기 시험에서 마지막 작문을 쓰고 있었는데 시간이 다 돼 가지고 , 감독 선생님이 시험지를 걷어 가 버렸어 .
난 반도 못 썼는데 말이야 .
아휴 , 이럴 줄 알았으면 글쓰기를 좀 더 연습하고 갈걸 .
（啊，不知道啦！我還在寫寫作考試的最後一篇作文的時候，時間就到了，然後監考老師就把我的考卷給收走了。我連一半都還沒寫到欸。哎，早知道會這樣就更認真練習寫作了。）

역청 : 그래도 읽기랑 듣기 시험을 잘 봤으면 6 급 딸 수 있지 않을까 ?
너무 걱정하지 마 .
（就算是那樣，如果閱讀跟聽力考得好的話，也可以拿到六級不是嗎？不用太擔心啦。）

서유 : 그래 . 이번에 6 급 통과하면 기념으로 내가 한턱 쏠게 .
(是啦。如果這次過六級，以紀念的名義，我請你吃一次飯。)

역청 : 그래 ? 그럼 많이 얻어먹어야지 .
그나저나 패기 말이야 ~
(好啊？那我還不要吃爆。話說佩琪……)

서유 : 패기는 왜 ?
(佩琪怎麼了？)

역청 : 패기는 이번에 정치대 한국어과 대학원에 붙었대 !
(聽說這次佩琪考上政大韓文所了！)

서유 : 진짜 ? 걔 대학원 준비하느라 우리 만날 시간도 없었잖아 .
정말 대단하다 ! 나였으면 시험을 준비한다고 하더라도
내 휴식 시간을 포기하지 못했을 거야 .
(真的嗎？她為了準備研究所，連跟我們見面的時間都沒有不是嘛。真的超了不起！要是是我的話，就算是要準備考試，我也會無法放棄休閒生活的。)

역청 : 그렇지 . 휴식 시간까지 포기하고 시험 준비하는 게 진짜 대단하다 !
너 토픽 결과 나오기 전에 우리 셋이서 밥 한 번 먹자 .
패기 대학원 합격한 것도 축하할 겸 .
(是吧。放棄休閒生活準備考試真的很了不起！你 TOPIK 結果出來前，我們三個一起吃一次飯吧。順便慶祝佩琪考上研究所。)

서유 : 나야 좋지 . 그럼 지금 패기한테 전화해서 만날 시간 정할 까 ?
（我當然好啊。那我現在打電話問一下佩琪，決定一下見面的時間？）

역청 : 좋아 . 그렇게 하자 .
（好啊，就這樣吧。）

[對話 2] 협업 프로젝트（合作企劃） 142

팀장 : 서유 씨 , 이번 프로젝트는 어떻게 돼 가고 있습니까 ?
계획대로 잘 진행되고 있는 거 맞죠 ?
（書維，這次企劃進行得如何了？有按照計畫進行對吧？）

직원 : 네 , 팀장님 . 잘 진행되고 있습니다만 다시 확인해야 할 부분이 몇 가지가 있습니다 .
（是的，組長。雖然有照著計畫進行，但有幾個部分需要再次確認一下。）

팀장 : 네 , 말씀해 보세요 .
（說來聽看看。）

직원 : 지난번 회의에서 저희 팀은 협업할 기업을 선정했고 , 이게 그 리스트입니다 .
이 회사들과 협업을 했을 경우의 장단점도 같이 분석해서 보고서에 정리해 놓았습니다 .
（上次會議時，我們組選定了幾個合作的候選公司，這個是最符合我們公司需求的名單。我也分析了和這些公司們合作時的優缺點，一起整理在報告裡了。）

팀장 : 잘 진행되고 있군요 ! 그러면 다시 확인할 것이 뭔가요 ?
（進行得很好啊！那麼要確認的東西是什麼？）

직원 : 그 후에 자세한 일정을 어떻게 잡을지를 정해야 할 것 같습니다 .
일정을 정한 다음에 바로 이 회사들에게 연락하려고 합니다 .
（感覺需要決定在那之後的詳細日程。打算決定日程之後馬上聯絡這些公司。）

팀장 : 그래요 . 그럼 다음 회의 때 상세한 일정에 대해서 얘기해 봅시다 .
（好啊。那麼下次會議時，我們先針對日程進行討論吧。）

직원 : 네 , 알겠습니다 . 그리고 한 가지 더 확인해야 할 것이 있습니다 .
（好的，我瞭解了。然後，還有一個需要確定的事項。）

팀장 : 네 , 말씀하세요 .
（是的，請說？）

직원 : 이번 협업 기획에서 마케팅을 담당할 분도 빨리 정해야 할 것 같습니다 .
다음 주부터 마케팅도 슬슬 시작해야 하기 때문에 .
（我們也需要快點決定這次合作企劃中負責行銷的同仁。下週開始要開始進行行銷。）

팀장 : 그건 그러네요 ! 그럼 이번 주 금요일에 회의합시다 .
（這倒是！那麼這週五的時候一起開個會吧。）

직원 : 네 , 알겠습니다 . 제가 다른 팀원에게 전달하겠습니다 .
（好的，我瞭解了。我再轉達給其他組員。）

NOTE

參考文獻

강옥미 (2021). 한국어 음운론 (개정판 2 판). 태학사 .

김성규 , 최혜원 , 한성후 (2008). 방송 발음 . 커뮤니케이션북스 .

김선철 (2006). 중앙어의 음운론적 변이 양상 . 경진문화사 .

박상숙 (2021). 한국어 교육을 위한 종결어미 '거든' 의 의미와 억양 . 외국어로서의 한국어교육 60, p.33-63.

박성복 (2010). 한국어 운율과 음운론 . 월인 .

박시균 , 김지영 (2019). 음성실험을 통한 한국어 학습자에 대한 어중 경폐쇄음 교육 방안 모색 . 우리말연구 57, p.125-152.

박한상 (2003). 한국어 장애음의 강도 특성 . 말소리 47, p.73-84.

람계서 (2018). 중국인 한국어 학습자를 위한 한국어 억양 연구 - '- 다면서 , - ㄹ걸 , - 거든 , - ㄹ 텐데' 를 결합한 문장을 중심으로 -. 서울대학교 석사학위논문 .

신지영 , 차재은 (2003). 우리말 소리의 체계 : 국어 음운론 연구의 기초를 위하여 . 한국문화사 .

신지영 (2006). 표준 발음법에 대한 비판적 검토 . 한국어학 30, p.131-158.

신지영 (2011). 음운론과 어문규범 . 한국어학 50, p.29-49.

신지영 (2014). 말소리의 이해 : 음성학 , 음운론 연구의 기초를 위하여 (개정판). 한국문화사 .

신지영 , 정향실 , 장혜진 , 박지연 (2015). 한국어 교사가 꼭 알아야 할 한국어 발음 교육의 이론과 실제 . 한글파크 .

신지영 (2016). 한국어의 말소리 (개정판). 박이정 .

양서유 (2020). 대만인 한국어 학습자를 위한 한국어 / ㄹ / 의 발음 교육 연구 . 서울대학교 석사학위논문 .

양서유 , 사역청 (2021). 한국어 치경 마찰음 / ㅅ , ㅆ / 에 대한 대만인 한국어 학습자의 지각 양상 연구 - 중급 학습자를 대상으로 -. 2021 년 대만 차세대 한국학 학술회의 , p.241-251.

양순임 (2020). 한국어 발음교육의 내용과 방법 . 상지랑 .

오재학 (2011). 국어 종결 억양의 문법적 기능과 음성적 특징에 대한 지각적 연구 . 고려대학교 박사학위논문 .

윤광열 (2020). 한국어 구어 감탄문의 실현 양상 . 고려대학교 석사학위논문 .

윤은경 , 김슬기 (2011). 보조사 '- 요' 의 음장 변화에 따른 청자의 지각 차이 비교 . 말소리와 음성학과 3(4), p. 55-62.

위원징 , 홍미주 (2013). 중국인 학습자의 청취·발음 오류 분석을 통한 한국어 평음·경음·격음 교육 방안 연구 . 한국어교육 24(4). p.155-191.

이진호 (2008). '독립 (獨立)' 류 한자어의 음운론 . 한국문화 , 44, 201-216.

이진호 (2012). 한국어의 표준 발음과 현실 발음 . 아카넷 .

이진호 (2021). 국어 음운론 경의 (개정증보판). 집문당 .

이호영 (1997). 국어운율론 . 韓國硏究院 .

장혜진 (2012). 국어 어두 장애음의 음향적 특성과 지각 단서 . 고려대학교 박사학위논문 .

조민하 (2011). '- 는데' 의 종결기능과 억양의 역할 , 우리어문연구 40, p.225-254.

조민하 (2017). 인식·행위 양태 다의성 어미의 의미와 억양 - 구어 자유발화 분석을 통하여 -. 한국어학 77, p.331-357.

조민하 (2019). 성별에 따른 종결어미 '거든' 의 화용전략과 억양의 기능 . Journal of Korean Culture 45, p.31-54.

허용 (2004). 한국어 자음 동화에 대한 지배음운론적 접근 . 언어와 언어학 34, p.199-213.

Xu, Y. J. (2020). 중국인 한국어 고급 학습자 '-(으)ㄹ걸' 의 억양 실현 양상 연구 -화용적 의미를 중심으로-. 연세대학교 석사학위논문.

Holliday, J. J. (2014). The perceptual assimilation of Korean obstruents by native Mandarin listeners. Journal of the Acoustical Society of America, 135(3). p.1585–1595.

Holliday, J. J. (2016). Second language experience can hinder the discrimination of nonnative phonological contrasts. Phonetica, 73, p.33–51.

Essick, G. K. & Trulsson, M. (2009). Tactile Sensation in Oral Region. In Binder M. D., Hirokawa N., Windhorst U. (eds). Encyclopedia of Neuroscience, Berlin Heidelberg: Springer, p.3999-4005.

Jun, S. A. (2000). K-tobi (korean tobi) labeling conventions. Speech Sciences, 7(1), 143-170.

Kim, H. & Clements, G. N. (2015). The feature [tense]. In Rialland, A., Ridouane, R. & van der Hulst, H. (eds). Features in Phonology and Phonetics: Unpublished Work from George N. Clements and His Colleagues. Berlin: De Gruyter Mouton, p.159-178.

Hsiao, Y. E. (2011). Universal marking in accent formation: Evidence from Taiwanese-Mandarin and Mandarin-Taiwanese. Lingua 121(9). p.1485-1517.

國立臺灣師範大學 國音教材編輯委員會 (2014). 國音學 (新修訂第九版). 正中書局 .

鄭靜宜 (2011). 語音聲學：說話聲音的科學 . 心理 .

精準掌握韓語發音：拆解語言學知識,找到最適合臺灣人的發音學習法/楊書維, 謝亦晴著. -- 初版. -- 臺北市：日月文化出版股份有限公司, 2022.04

面；　公分. -- (EZ Korea ; 39)

ISBN 978-626-7089-36-1(平裝)

1.CST: 韓語 2.CST: 發音

803.24　　　　111001825

EZ Korea 39

精準掌握韓語發音：

拆解語言學知識，找到最適合臺灣人的發音學習法

作　　者：楊書維、謝亦晴
編　　輯：郭怡廷
版型設計：曾晏詩
內頁插圖：蘇詠茹
圖　　片：shutterstock
封面設計：卷里工作室
內頁排版：唯翔工作室
韓文錄音：吉政俊、鄭美善
錄音後製：純粹錄音後製有限公司
行銷企劃：陳品萱

發 行 人：洪祺祥
副總經理：洪偉傑
副總編輯：曹仲堯
法律顧問：建大法律事務所
財務顧問：高威會計師事務所

出　　版：日月文化出版股份有限公司
製　　作：EZ叢書館
地　　址：臺北市信義路三段151號8樓
電　　話：(02) 2708-5509
傳　　真：(02) 2708-6157
客服信箱：service@heliopolis.com.tw
網　　址：www.heliopolis.com.tw
郵撥帳號：19716071日月文化出版股份有限公司

總 經 銷：聯合發行股份有限公司
電　　話：(02) 2917-8022
傳　　真：(02) 2915-7212

印　　刷：中原造像股份有限公司
初　　版：2022年4月
定　　價：350元
I S B N：978-626-7089-36-1